비가 오지 않으면 좋겠어

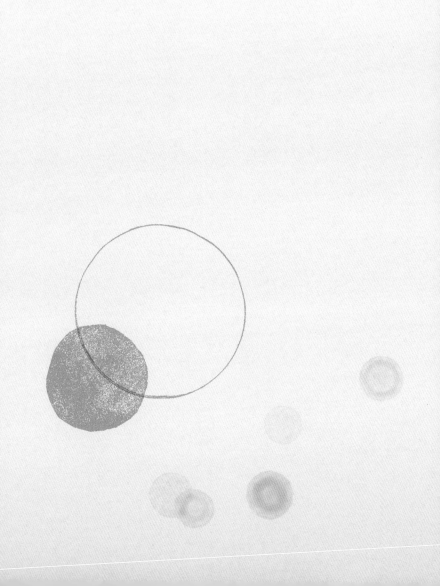

비
가
오
지
않
으
면
좋
겠
어

탁재형 여행 산문집

김영사

그보다는,
비를 맞아도 괜찮은 날이면 좋겠어.

비 오고 바람 불어도
여전히 길 위에 있으면 좋겠어.

비가 싫었다.

15년 가까운 시간 동안, 두 달에 한 번은 길 위에 있었다.
여행일 때도 있었지만, 여행이라 부르기 힘든 때가 더 많았다.
목적이 분명한 여행, 해내야 하는 과업이 있는 여행,
돌아다님으로써 생계를 잇는 자의 관점에서, 비는 방해꾼이었다.

하지만 사실은, 비가 싫지 않다.
습기를 잔뜩 머금은 대기를 뚫고 비가 시작되는 순간은
한껏 고조되었던 긴장을 일거에 해소하는
영화의 클라이맥스처럼 짜릿하다.
빗소리의 리듬에 익숙해질 때쯤, 가만히 어딘가의 처마 밑에 앉아
물웅덩이에 떨어지는 빗방울의 춤을 멍하니 보고 있는 것을 좋아한다.

생각해보면 비가 싫었던 것이 아니라,
비를 어딘가에서 오도카니 피할 시간도
비가 오면 오는 대로 신나게 맞고 신발을 철벅이며 깔깔거릴
마음의 여유도 가지기 힘들었던 시간이 싫었던 것이다.

여행 도중에,
비가 오지 않으면 좋겠다.
하지만 그것보다,
비를 맞아도 괜찮은 여행이면 좋겠다.

비를 피할 곳을 찾다가 우연히,
당신과 만나는 여행이었으면 좋겠다.

하지 않으면 죽을 것 같아서

—— 그럼 대체 언제 여행을 시작한 거야?

—— 2년은 넘었어. 먼저 이 녀석을 몰고 유럽을 가로질러서 스페인으로 갔지. 그리고 페리에 실어서 지브롤터 해협을 건넜어. 그런 다음엔 뭐, 남쪽으로 계속 달린 것뿐이야.

제멋대로 자란 금발머리와 짧은 수염. 목이 약간 늘어난 티셔츠와 자동차 기름이 묻어 있는 청바지. 그의 이름은 랄프였다. 말라위의 수도 릴롱궤에 있는 한 여행자 숙소에서 나는 그와 만났다.

말라위.

귀에 설은 이름만큼이나 여행 정보를 찾아보기 힘든 나라. 〈론리 플래닛〉 영문판을 뒤져도 이 나라에 관한 것은 중앙아프리카 판에 곁다리로 실린 열 장 남짓한 기사가 전부다. 아프리카에서 세 번째로 큰 호수를 품은 나라이자, 우리나라와는 1965년에 국교를 맺었을 만큼 관계가 오래되었다는 사실은, 이들의 미미한 존재감에 아무런 영향을 미치지 못한다.

이런 곳에서 여행 정보를 얻으려면, 이미 한 바퀴 돌고 온 이들의 체험담을 수집하는 게 제일 빠르다. 마부야 캠프|Mabuya Camp|. 릴롱궤에서도 주머니 사정 가벼운 서양 여행자들이 주로 모여드는 곳. 이곳에 오는 여행자들은 대체로, 사서 고생하고 있다는 의식을 공유한다. 그래서 서로의 여행에 대한 컨설팅이라면 시간을 아끼지 않는다. 그것만이 쓸데없는 고통을 줄여주는 방법이라는 것을 알기 때문이다.

캠프 매니저와 잠시 이야기를 나누고 건물 밖에 앉아 오가는 여행자들을 애타는 눈초리로 쳐다본 지 10분 정도 지났을 때, 캠프의 문이 열렸다. 들어오는 것은 15년은 족히 되었을 법한 구형 미니버스 한 대. 차체에 칠해진 노란색을 둔탁하게 죽이며 내려앉은 먼지와, 타이어의 일부가 된 뗏장의 두께가 그간의 세월을 말해준다. 가까이서 보니, 계단 두 개 정도는 문제없이 올라다닐 수 있을 정도로 차체가 높다. 이 차의 소유주가 웬만해선 지형 때문에 여행을 멈추는 것을 고려하지 않는다는 뜻이다.

운전석 문이 열리고, 다리 두 개가 내려왔다. 그리고 잠시 뜸을 들이더니, 금속제 다리 두 개가 더 내려왔다. 다리 네 개는 한 몸이 되어 일어났다. 랄프는, 다리를 쓰지 못하는 장애인이었다.

　　—— 헤이, 친구들, 어디서 오는 길이야?

고른 치아가 그대로 드러나는 랄프의 미소는 그의 신체에 대해 조금이라도 품었던 연민을 싹 지워버리는 힘이 있었다. 그가 짚고 서 있는 알루미늄 목발이 패션 아이템으로 느껴질 정도였다.

　　—— 어… 우리는 한국에서 왔는데, 혹시 시간 되면 말라위를 어떻게 여행하는 게 좋을지 의견을 좀 듣고 싶어.
　　—— 그거라면 온종일도 얘기해줄 수 있어. 우선 이쪽으로 와서 좀

앉지 그래.

그는 자신의 차 트렁크에서 캠핑 의자를 꺼내 우리에게 권했다.
이야기는 자연스레, 말라위 여행 팁을 뛰어넘어 그의 여행이 시작된
곳으로 향했다. 그는 이미 1996년에 다섯 달 동안 아프리카를 여행한
경험이 있다. 사하라의 바람을 맞던 중에 갑자기 가슴이 울컥했던 모
양이다. 지브롤터 해협부터 케이프타운까지 아프리카를 종단해보고
싶다는 꿈이 그때 싹텄다고 했다. 하지만 갑작스럽게 찾아온 오토바이
사고는 그를 다리를 쓸 수 없는 장애인으로 만들었다. 불확실성으로
가득 찬 대륙을 여행하는 데 필요한, 가장 기본적인 밑천이 엉망이 된
것이다. 그렇게 그는 모국의 복지 혜택에 의존해 여생을 보내야 하는
것처럼 보였다.

하지만 한 번 불어온 아프리카의 바람은 쉽사리 물러가지 않았다. 눈
을 감으면 금빛으로 반짝이던 사하라의 모래가, 그리고 노랗게 이글거
리며 대서양으로 떨어지던 다카르의 석양이 어른거렸다. 결국 그는 움
직이지 않는 다리보다 증세가 훨씬 더 심한 병을 다스리기 위해 길을
나서기로 했다. 그의 아프리카병|病|은 목발과 진통제로 어찌 해볼 수
있는 상대가 아니었다.
집이면서 보조기구가 되어줄 것이 필요했다. 다행히 그는 목수였다.
열차 인테리어가 그의 전문 분야였다. 그는 가구를 짤 줄 알았고, 차량
의 내장재를 뜯어낼 줄 알았고, 뜯어낸 자리에 자신이 짠 가구를 채워

넣을 줄 알았다. 그렇게 해서 소방차로 쓰이던 벤츠 T1-310 차량은 그만을 위한 마법의 양탄자가 되었다. 장기간의 여행에 필요한 모든 것을 빈틈없이 채워 넣었고, 자신의 생활습관에 맞춘 편의시설을 만들었다. 적어도 이 차 안에서라면, 그는 거동에 불편함을 느낄 일이 없었다.

하지만 훌륭한 주거공간 겸 이동수단을 가지고 있다는 것과 아프리카를 북에서 남으로 종단한다는 것은 별개의 이야기다. 독일 라벤스부르크에서 케이프타운까지, 한 사람을 데려다주는 것은 좋은 차가 아니라 굳은 의지다. 바퀴를 삼키는 사하라의 모래, 국경을 넘을 때마다 터무니없는 돈을 요구하는 부패한 경찰, 언제 습격해올지 모르는 내전 국가의 반군, 50℃에 육박하는 칼라하리 사막의 열기를 이겨내는 것은 15기통 엔진을 장착한 4륜구동 자동차도, 하루 종일 뛰어다닐 수 있는 튼튼한 두 다리도 아닌 인간의 정신이다. 이런 문제라면 랄프는 걱정할 것이 없었다. 집을 떠나는 순간을 맞이하기까지, 자신의 의지와 정신을 시험할 기회는 충분했으므로.

───── 만일 내가 야생동물이었다면, 척추를 다치고 나서 살아남았을 확률은 거의 없었을 거야. 이건 자연적으로 치유되는 부위가 아니니까. 그나마 의학의 도움을 받을 수 있는 인간으로 태어난 덕택에, 이렇게 목발을 짚고라도 걸을 수 있는 것 아니겠어. 행복하지 않을 이유가 없잖아? 물론 아직도 가끔 너무 아파. 하지만 너도 나이를 먹으면 여기저기가 아파올걸. 난 그걸 좀 더 일찍 겪고 있는 것뿐이야.

비가 오지 않으면 좋겠어

이번 여행을 시작한 후로 지금까지 5만 km가 넘게 운전을 했는데, 아직도 창밖 풍경을 바라보는 게 믿을 수 없을 만큼 재미있어. 운전석이 나한테는 개인 극장이나 마찬가지야. 사막 한가운데라고 하더라도 계속 변화하는 풍경이 지루할 틈을 주지 않거든.

두 달 전에 드디어 희망봉에 도착했어. 더 이상 남쪽으로 갈 곳이 없었지. 수평선 너머 보이지 않는 곳에 남극 대륙이 있다고 하더군. 난 피곤했고, 기뻤어. 내가 이뤄낸 것이 자랑스러웠지. 하지만 그게 앞으로 내 인생에 어떤 의미로 남을 것인지는 확실하지 않았어. 다만 분명했던 것은, 아직 만나지 못한 아프리카를 좀 더 돌아다녀보고 싶다는 사실이었어. 힘들게 이뤄낸 목표 앞에 하나의 점을 더 찍어서, 어디로든 방향을 가지는 선을 그을 수 있도록 말이지. 그래서 난, 다시 북쪽으로 가는 길이야.

짧게 던진 질문은 해가 지도록 긴 대화로 이어졌고, 들으면 들을수록 놀라운 그의 이야기에 나는 더욱 빠져들었다. 석양마저 사라진 게스트하우스의 뜰은 어두웠지만, 그의 차에 칠해진 노란 빛은 한층 더 강렬하게 느껴졌다. 희망봉의 햇볕이 묻어 있기라도 한 것처럼.

그의 이야기를 들으며, 나는 묘한 부조화를 깨달았다.
그의 말투에만 귀를 기울이면, 안에 담겨 있는 좌절과 오기와 결단과 고난이 절대로 그에 합당한 무게로 느껴지지 않았다. 마치 맥주가 떨어져서 근처 마트로 차를 몰고 갔던 일을 이야기하는 것처럼, 그의 말

내 인생에 어떤 의미로 남을지는 확실하지 않았어.

다만 분명했던 것은,

　　　아직 만나지 못한 아프리카를
　　　　　좀 더 돌아다녀보고 싶다는 사실이었어.

투는 시종 차분하고 담담했다. 이야기가 불러오는 기억과, 기억이 불러일으키는 감정들에 대해 나라면 그토록 초연할 수 있었을까. 자랑하고 싶은 부분과 강조하고 싶은 부분, 감추고 싶은 부분이 분명 있을 텐데, 그런 기복 없이 지난 일을 그렇게 툭툭 던져놓는 것이 가능했을까.

하지만 지금은 그때의 랄프를 이해할 수 있다.
본디 그런 것이다. 그 일을 하지 않으면 죽을 것 같은 어떤 것을 한다는 것은.

그 길을 지나온 사람들의 말투는 대체로 나직하고, 담담하다.
자신이 이룬 말도 안 되는 성취에 대해 이야기하면서도, 시종일관 무덤덤하다.

그 길밖에 없었기 때문에.
그렇게 하는 것 이외에 다른 선택지를 생각해본 일이 없기 때문에.
그들에겐 그것이 너무나 당연한 일상이고 필연적인 귀결이었기 때문에.

6년이 지난 오늘,
랄프는 카트만두에 있다.
여자친구와 함께,
그는 아직 여행 중이다.

비가 오지 않으면 좋겠어

중독

한자에서 '취|臭|'자는 악취, 이취|이물질의 냄새|, 액취|겨드랑이 냄새|에서 처럼 보통 나쁜 냄새를 뜻해. 이 '취'자가 들어가는 물건 중에 입으로 들어가는 게 있거든?

취두부|臭豆腐|라고 부르지.

내가 아는, 그리고 먹어본 음식들 중에서 가장 냄새나는 녀석이야. 이 음식의 냄새는 방귀 냄새를 닮았어. 아니, 정확하게 방귀 냄새야. 그것 도 꽤 오래 묵혀 세상에 방출된 버전이라고나 할까. 남의 엉덩이 냄새 를 맡는 것만으로도 몸서리쳐지는데, 자신의 입에서 그와 똑같은 악취 가 풀풀 난다고 생각해봐. 물론, 주변에 있는 마음에 들지 않는 녀석을 괴롭히기에는 탁월한 선택일 수도 있겠네. 쫓아버리고 싶은 인간이 있

다면 취두부를 한 입 크게 베어 물어. 그리고 곁에 가서 자꾸 말을 시켜봐. 효과가 직방일 거야.

그런데 중국 사람들, 그중에서도 특히 대만 사람들에게 취두부란, 우리한테 된장찌개가 그렇듯이 입맛을 돌게 만드는 음식인가 봐. 타이페이 근처의 지우펀|九份|이라는 동네에 가본 적이 있어. 거미줄처럼 연결된 좁은 골목길을 따라, 음식점과 기념품 가게들이 어깨를 대고 옹기종기 모여 있는 곳이지. 성인 다섯 명 정도가 횡대로 서면 꽉 차는 넓이의 골목길은 그 자체로 볼거리야. 좁은 길에 모여드는 사람들로 인해 흐름은 느려지고, 하나하나의 가게를 더 찬찬히 보게 될 수밖에 없지. 그러다 보면 취두부의 냄새에 코를 노출시켜야 하는 시간도 따라서 늘어나. 그 냄새는 심지어 골목으로 들어서기 이전부터 풍기기 시작해. 쿠리쿠리한 기운이 골목 중심부로 향할수록 점점 더 짙어지고, 외곽으로 나갈수록 옅어지지. 별도의 지도 없이 취두부 냄새의 농도만으로 내가 얼마나 안쪽으로 들어왔는지를 판단할 수 있을 정도야. 그만큼 대만에 가면 이 음식이 어디든 따라다녀. 방문객이 얼마나 현지의 문화를 섭렵할 각오가 되어 있는지를 평가해주는 감별사의 역할도 겸하고 있지. 우리나라에서라면 "두유 노우 김치?"라고 물을 법한 상황에서 대만 사람들은 이렇게 묻는 거야. "두유 잇 초우또우푸?"

어느 나라에나 아름답지 못한 냄새를 풍기는 음식은 있어. 난 한국 관광객들이 (주로 중국이나 동남아시아의) 다른 나라에 가서 "어이쿠, 이런 지

비가 오지 않으면 좋겠어

독한 냄새가 나는 걸 어떻게 먹어. 어유, 형편없는 놈들" 하며 코를 싸
쥐는 모습을 볼 때마다 솔직히 웃겨. 그게 삭힌 홍어와 청국장을 먹는
나라에서 온 사람들이 할 말이야? 나는 두바이의 아파트에서 청국장
을 끓이다가 경찰에 체포된 한국 사장님을 알고 있어. 그분은 아직도
자신을 신고한 윗집 사람에게 복수를 벼르고 있지. 하지만 어쩔 수 없
어. 누군가에게 군침 돌게 하는 냄새가 다른 사람에겐 생명을 위협하
는 악취로 느껴질 수 있거든. 우리에게 홍어가 있다면 스웨덴엔 수르
스트뢰밍°이 있고, 프랑스에는 에푸아스° 치즈가 있고, 캄보디아에는
프라혹°이, 태국에는 두리안이 있어. 이런 음식들은 몇 개의 공통점이
있지. 먹다 보면 중독되고, 그럼으로써 열광적인 추종자들을 거느리게
돼. 그 냄새와 맛에 대한 기호가 '그 지역 자체를 사랑하는가'라는 질
문으로 확대되기도 하지.

자극적인 냄새를 지닌 음식이 이런 지위에 오르기까지는 긴 시간이
걸렸을 거야. 개인의 삶에서도 마찬가지겠지. 한국 사람이라고 해서
어릴 때부터 김치를 입에 달고 사는 것은 아니잖아? 아이를 키우고 있
는 사람들은 알 거야. 한 조각의 김치를 아이의 입에 넣기 위해 얼마나
많은 협박과 회유와 엔터테인먼트가 필요한지. 또는 한 사람이 홍어
의 맛을 깨닫기 위해서 얼마나 많은 용기와 경험의 축적이 필요한지.
그리고 그 맛을 깨우치는 순간은(정확히는 그 향에 비로소 중독되는 순간은),
마치 종교적인 계시 같은 것이 아닐까. 몇 년 전까지, 또는 몇 시간 전
까지는 도무지 견디지 못할 성싶었던 그 냄새가 불현듯 떠오르고, 다

시 맡고 싶어지고, 당장 내 입안으로 밀어넣지 않고는 못 견디겠을 그 순간은.

그러니까, 낯선 골목을 따라 걷다가 좀 요상한 냄새가 풍겨온다 한들 오만상을 찌푸리고 발걸음을 돌릴 필요는 없어. 어쩌면 그게 남은 생애를 즐겁게 해줄, 좀 짓궂은 녀석과의 만남이 시작되는 순간일 수도 있으니까. 괜한 까탈을 부리다가 나중에 덜컥 중독이라도 되면, 마치 "그 남자를 다시 만나는 일은 아마 내 생애엔 없을 거야"라고 주변 사람들에게 말하고 다니다가 "저… 이번에 결혼해요. 상대요? 아, 예전에 별 볼 일 없다던 그 남자 맞아요"라며 청첩장을 돌리는 것처럼 무안한 일이 되지 않겠어?

냄새는 힘이 세. 그리운 사람의 체취가 꼭 향기롭기 때문에 기억의 가장자리를 맴도는 것이 아니야. 퇴근하고 바로 만난 뒤의 은은한 땀 냄새, 목덜미의 우묵한 곳에서 풍기는 달짝지근한 살 냄새, 귀 뒤와 정수리에서 나는 귀여우면서도 짭조름한 냄새, 당신이 베고 잔 베개의 냄새. '향'이라는 한자를 붙이기엔 어딘지 민망한 그 냄새들에 우리는 중독되지. 잊고 살다가 급작스럽게 코끝에서 되살아난 냄새에 우리는 행복해졌다가 절망스러워지기를 반복해. 냄새는 색채와 음성이 모두 닳아서 없어진 뒤에도, 끝까지 남는 기억이거든.

내가 살짝 창피해질 정도의 냄새를 풍기는 취두부를 열심히 먹는 대만 사람들을 보면서, 한편으로 부러웠어. 저렇게 숨김없이 드러내놓고 (심지어 씻지도 않고) 다니는 녀석을 저토록 열광적으로 사랑해주는 사람들이라니. 나는 당신에게 그런 사람이었던 적이 있나? 나는 당신을 그렇게 사랑한 적이 있나? 얼굴을 찌푸리게 만드는 바로 그 구석이 좋아서, 가던 발걸음을 멈추고 돌아서서 키스한 적이 있나?

당신이 나를 그렇게 사랑해주면 좋겠어.

되는대로 살고, 당신을 막 대해도,
나에게 중독되면 좋겠어.

다시는 못 보게 되어도,
내 냄새를 그리워해주면 좋겠어.

망할 놈의 취두부처럼 말이야.

• **수르스트뢰밍**|Surströmming| 북해산 청어를 발효시켜 통조림으로 가공한 것.

• **에푸아스**|Époisses| 프랑스 에푸아스 지방에서 생산되는 연질 우유 치즈.

• **프라혹**|Prahok| 민물고기로 만드는 캄보디아식 젓갈.

사진에는 가끔씩 냄새가 찍히곤 한다.

눈으로 그날 그곳의 냄새를 맡는다.

그것은 정말 거기 있었을까

2005. 2. 9. 수요일.

라오스 북부 짜왕마이 마을. 난생처음 쥐를 구워 먹었다. 파를 곁들이
니 그나마 좀 나았다.

2007. 9. 11. 화요일.

베이징 서우두 국제공항에서 위샹로우쓰면을 먹고, 우루무치로 가는
비행기에 올랐다. 기내에서 투르크메니스탄 출신의 아줌마들이 자기
들끼리 앉게 자리를 비켜달라고 떼를 써서 짜증이 났다.

2014. 3. 8. 수요일.

에콰도르 야수니 정글의 바메노. 오후 내내 비가 와서 아무것도 못 했
다. 미련을 버리고 밥이나 먹으려는데 메르세데스라는 여자아이가 우
리에게 별명을 붙여주겠다고 했다. 조연출 S는 '께끼레│다람쥐원숭이│',
촬영감독 Y는 '께바따│지네│', 나는 '위바께│도마뱀│'. 위바께보다는
께바따가 더 좋아 보인다.

분명히 존재했던, 하지만 삶의 큰 줄거리에선 벗어난 순간들.
이 기억들이 아직껏 남아 있을 수 있는 유일한 이유는, 어딘가에 기록
되었기 때문이다.

지금 내 앞에는 커피잔이 있다. 손을 뻗으면 매끈하고 단단한 질감이
따뜻한 온기와 함께 전해져 온다. 갓 내린 커피의 향이 코 안을 가득

채운다. 감각은 너무나 선명하다. 이 순간을 언제까지나 기억할 수 있을 것만 같다. 하지만 지금 내가 느끼는 빛, 소리, 냄새와 감촉에 대한 기억은.

소멸한다.

기록되지 않는 이상 기억은 희미해지고, 언젠가 사라진다.

정글 속에서 조그마한 여자아이가 며칠 동안 수줍음을 탄 끝에, 한국에서 온 아저씨들이 나쁘거나 위험한 것 같지는 않다는 결론을 내린다. 장난도 치고 농담도 주고받다 보니, 하고 싶은 말이 생긴다. 한번 얘길 해볼까. 화를 내는 건 아닐까. 나만 알고 넘기기엔 너무 재미있는데. 여러 번 망설인 끝에, 아이는 엄마를 붙잡고 이야기한다.

—— 나, 저 아저씨들 별명 지어줘도 돼? 하나는 다람쥐원숭이고, 하나는 지네고, 하나는 도마뱀이야.

오전엔 정글을 쏘다니느라 오후엔 비가 개기만을 기다리느라 피곤한 하루였지만, 잠자리에 들기 전 잠깐 수첩을 꺼내 아이가 말해준 것들을 끄적였다. 그 덕에 메르세데스는 지금도 나와 함께 있다. 메르세데스라는 이름, 우리에게 보여준 미소, 엄마와 장난을 치던 모습, 나에게 지어준 별명이 아직도 거기에 있다. 그저 공중에 흩어져버렸어도 이상

비가 오지 않으면 좋겠어

하지 않았을 순간이 하나의 분명한 기억이 된다.

삶의 모든 순간을 그러쥐려 애쓰는 것처럼 부질없는 일도 없다. 잊을 수 있다는 것은, 그리고 때로 잊힌다는 것은 축복이다. 아프고 슬픈 것들을 기억에서 덜어냄으로써, 우리는 감당하지 못할 스트레스를 평생 지고 살아야 하는 운명에서 벗어난다. 개중엔 잊힘으로써 평화를 얻는 이도 있다. 살면서 저지른 하나하나의 실수가 영영 잊히지 않는다면, 삶은 더 쉽게 지옥이 될 것이다. 하지만 우리의 두뇌가 가지고 있는 망각이라는 기능은 너무나 강력하고 자연스러워서, 방지책을 마련해두지 않으면 간직하고 싶은 순간들까지 차근차근 착실하게 지워버린다. 그 과정을 무작정 방치하면, 어제의 나는 희미해진다. 분명히 존재했던 순간인데, 그중엔 빛나는 것들도 많았을 텐데, 남는 것은 흐릿한 그림자뿐이다.

우리의 머릿속에는 두 개의 호텔이 있다. 하나는 뜨내기들이 1박 단위로 오고 가는 도미토리고, 다른 하나는 장기 투숙객을 위한 스위트룸이다. 둘 사이엔 각종 보안시설로 무장된 높은 벽이 있다. 기억이라는 손님들은 대체로 그 벽을 넘지 못하고, 도미토리에 체크인했다가 체크아웃하기를 반복한다. 떠들썩하게 오고 가지만, 호텔에 머무르는 시간은 딱히 많지 않다. 하지만 어쩌다가 스위트룸으로 터를 옮기고 나면, 기억은 그곳에 평생 머문다. 정신과 육체가 수명을 다할 때까지 체크아웃은 없다.

비가 오지 않으면 좋겠어

아주 가끔 예외가 있다. 너무나 충격적이고 강렬한 기억은 보안장치를 단숨에 풀어버리고 스위트룸으로 직행한다. 하지만 이런 경우가 아니라면, 스위트룸은 철저히 쿠폰제로 운영된다. 도미토리에 반복해서 투숙해야만 스위트룸에 영원히 머물 자격을 얻을 수 있다.

기억을 반복해서 불러내기 위해선, 기록하는 수밖에 없다. 기록된 디테일은 사라지지 않는다. 당시의 여정, 지명, 음식의 이름과 내가 느꼈던 단상, 함께했던 사람의 말, 표정, 함께 웃었던 이유와 다퉜던 원인이 그 안에 남는다. 안을 들여다볼 수 없는 엉킨 실 뭉치가 아니라, 하나하나의 코가 살아 있는 뜨개질 작품이 된다.

손을 사용하지 않는 기억의 허망함을 깨닫게 된 이후로, 어떻게든 눈앞의 것들을 붙잡으려 노력했다. 처음엔 일기 형태의 글이었고, 점차 사물의 이름과 내가 느낀 감정의 키워드만 추린 메모 형태로 바뀌었다. 스마트폰을 가지고 다니게 되면서는, 글의 상당 부분을 사진이 대체하게 되었다. 딱히 멋진 것을 남길 요량이 아니라, 게임을 하다가 Ctrl +S를 누르는 느낌으로 셔터를 눌렀다. 사진과 그 안의 내용에 대한 키워드가 합쳐지면, 들이는 품에 비해 꽤나 디테일한 기록이 만들어졌다.

요즈음은, 여행 가서 그림을 끄적이는 것에 관심이 있다. 잘 그리는 것도, 어디 가서 배워본 것도 아닌 자기류 自己流 의 그림이다. 보통은 펜 세 자루를 가지고 간다. 굵기가 다른 붓펜 두 개, 그리고 얇은 수성

펜 하나. 강렬한 인상을 남기는 곳, 또는 나에게 휴식이 허락되는 곳에 앉아 그때그때의 감상을 단순한 선으로 수첩에 남긴다. '글그림작가' 김한민의 《그림여행을 권함》이라는 책을 읽은 이후로 생긴 습성이다. 책은 이야기한다. "그림은 시간과 기억을 다루는 기술이다"라고.

그의 책에는 때로는 스케치북에, 때로는 메모지에 옮겨 담은 여행의 파편이 가득하다. 그중엔 바로 내 앞에서 그렸던 것도 있다. 우리는 2011년, 에콰도르에 있었다. 온천마을 바뇨스의 산중턱에서 그는 노트를 펼쳐 들었다. 그리고 두 페이지에 가득 차도록, 마을 너머로 보이는 웅장한 퉁구라우아 화산을 그렸다. 하지만 그날은 구름이 가득 껴 산이 입고 있는 치마의 맨 아랫단만 겨우 보였을 뿐이었다.

그림은 이렇듯, 자신의 바람이나 욕망까지 시각화한다. 자신이 무엇을 가장 오래 보고 있었는지, 무엇을 가장 보고 싶었는지에 대해서도 이야기해준다. 미처 깨닫지 못했던 것까지 담아내준다는 점에서, 그림은 매혹적인 기록이다.

한가한 시간이 많은 여행을 꿈꾼다. 그만큼 세세히, 즐겁게 기록할 수 있기 때문이다. 그만큼 더 많이, 오래 기억할 수 있기 때문이다. 잠깐 앉아 숨돌릴 시간 따위 없는 여행은 기록될 수 없다. 기록되지 않은 여행은 얼마 지나지 않아 사라진다. 같은 나이의 두 사람 중 더 긴 시간을 살아온 사람은 누구일까. 더 많은 기억을 가지고 있는 사람이 아닐까. 기억이 사라진 사람이, 살아 있다고 말할 수 있을까. 기억에 없는 여행이, 거기 있었다고 말할 수 있을까.

지금 이 순간에도 메르세데스는 수첩 속에서 재잘대고, 퉁구라우아 화산은 기세 좋게 연기를 뿜어 올린다.

수첩을 덮고 커피를 한 모금 마신다.
가봤지만 기억나지 않는 장소들을 떠올린다.
만났지만 희미해져버린 사람들을 생각한다.
기록되지 않아 존재조차 하지 않는 사람들을 사무치게 그리워한다.

TATOPANI
1375m
2013.10.18

Botanic Garden. Christchurch.
2015.10.6.

기억은,
소멸한다.

기록되지 않는 이상 기억은 희미해지고,
언젠가 사라진다.

크레타 사람 조르바

언덕 너머로 해가 떠오를 무렵, 어선 한 척이 크레타 섬의 프랑고카스텔로 항구를 나선다. 낮은 각도의 햇살이 풀장 안에 설치된 조명처럼 물속을 비춘다. 2m 아래의 모래 한 톨, 소라 한 마리까지 보일 정도로 바닷물은 투명하다. 배는 물 위에 아지랑이를 일으키며 지중해 위를 비행한다.

니키타스와 그의 아들은 수평선에 시선을 고정한 채 말이 없다. 한 시간 정도 지나니 그물을 쳐놓은 곳이 나타난다. 어선의 윈치에 당김줄을 걸고 감기 시작한다. 늘어져 있던 주황색 그물이 팽팽하게 긴장하며 모습을 드러낸다. 연신 물방울을 튀기며 올라오는 기세에 비해, 걸려 있는 생선은 몇 마리 되지 않는다. 그나마도 식탁에 올리기 민망한 것들이 태반이다. 물고기를 떼어내 통에 담던 아들 요르고스가 거무튀튀한 고기 몇 마리를 바다에 도로 던져 넣는다.

—— 게르마노스 | Γερμανός, 독일군 | 라는 고기예요. 맛없어서 못 먹어요.

크레타 사람들답다. 용서는 했어도 원한은 끈질기다. 60년 전 이곳을 폭격했던 독일인들은 아직껏 욕을 먹는다.

항구로 돌아와 어구를 갈무리하고, 니키타스는 오늘 잡은 생선이 든 양동이를 들고 바닷가의 레스토랑으로 간다. 늘 그의 생선을 사주는 곳인 듯하다. 양동이를 안뜰에 내려놓곤 식탁 하나를 차지하고 담배를

비가 오지 않으면 좋겠어

피워 문다. 여주인이 대야 하나를 들고 나와 양동이 앞에 앉는다. 식재료로 쓸 만한 생선이 있는지 유심히 살펴본 후 큰 생선 대여섯 마리를 골라낸다. 니키타스는 남은 생선을 힐끗 보고는, 잡어들이 반이나마 차 있는 양동이를 들어 여주인의 대야에 부어버린다. 그녀는 빙그레 웃으며 크고 작은 생선이 가득한 대야를 들고 주방으로 사라진다. 주인의 딸로 보이는 꼬마 여자아이가 쟁반 위에 식빵 두 조각과 투명한 액체가 담긴 잔을 받쳐 들고 나온다. 와인을 증류한 크레타의 술, 치쿠디아다. 니키타스는 40도짜리 술 한 잔을 망설임 없이 털어 넣는다. 그리고는 바다를 바라보며 담배 한 대를 다시 입에 문다. 아침 아홉 시. 오늘 하루 일과는 이렇게 끝났다.

크레타에서 어부는 사라져가는 직업이다. 대형 어선을 동원한 수산물 회사가 근처의 생선을 싹쓸이해간다. 바다는 말 그대로 투명해져만 간다.

　　—— 안 그래도 고기들이 줄고 있는데 그 친구들이 한 번 싹 훑고 가면 우리 같은 잔챙이들은 건질 것도 없지.

그런데도 저리 후하게 생선을 집어 주고 나면 남는 게 있기나 한 것인지 의심스럽다.

　　—— 남는 게 없지. 1년 내내 고기를 잡을 수 있는 것도 아니고, 한 시즌을 시작하려면 3천 유로 정도는 들어서 배를 수리해야 하거든.

── 그런데 왜 어부 노릇을 계속 하시죠? 요샌 관광객들 상대로 배를 태워주는 일도 있잖아요.

이라클리오, 하니아 같은 관광지에 비해 크레타 남부는 여행자들의 발길이 뜸하다. 그렇지만 슬슬 입소문이 나고 있는 참이다. 바다는 유리처럼 맑고, 해변은 한적하다. 어선은 점차 관광객을 위한 낚싯배로 바뀌는 중이다. 개중엔 아예 배 밑바닥에 유리를 대 해저를 구경할 수 있는 유람선으로 개조한 것들도 있다. 구식 그물로 물고기를 잡는 것보다 훨씬 더 전망이 밝은 비즈니스다. 하지만 니키타스의 입에서는 어쩐지 다른 데서 한 번 들어본 것 같은 대답이 돌아왔다.

── 어부는 오직 나만 위하면 되거든. 난 천성적으로 남을 위해서 뭘하는 건 못 해요.

《그리스인 조르바》를 쓴 니코스 카잔차키스는 바로 이곳, 크레타 출신이다. 그의 책에 등장하는 '그리스인'은 당연하게도, 크레타 사람이다. 크레타인은 외모부터 그리스 본토인과 다르다. 검고 곱슬거리는 머리칼과 수염, 풍성한 눈썹과 진한 눈매. 유럽과 아프리카와 아시아가 그들의 핏속에서 교차한다. 로마, 베네치아, 비잔티움, 오스만투르크, 이름만 대면 알 만한 역사의 주인공들이 한 번씩 이 섬을 거쳐갔다. 강자들의 패악질이 계속되는 역사 속에서 사람들은 한을 품는 동시에 체념을 배웠다. 풍파가 많았던 집안의 자식들이 대체로 그러하듯, 크레타 사람들은 이중적이다. 마이너한 문제라고 생각하면 아예 신경도 쓰지 않지만, 어떤 것을 품고 가기로 마음먹으면 세상에서 가장 지독해진다. 소설에 나오는 풍운아 조르바와, 과부를 차지하지 못하고 상심에 빠져 자살하는 파블리는 그 두 가지 측면을 극단적으로 보여준다. 지금 내 앞에서 식당 여주인과 수다를 떨고 있는 니키타스는 조르바 쪽이다. 사람의 혼을 빼놓는 설레발이 없다 뿐이지, 철저하게 자기 자신의 주인으로 살아간다는 점에서는 조르바 그 자체다.

—— 관광객들 태우는 친구 여럿 봤지. 맨날 걱정 투성이야. 하루하루 손님이 더 오면 더 오는 대로, 덜 오면 덜 오는 대로…. 거기에 비하면 내가 훨씬 나아요. 바다에서 건져오는 만큼만 팔면 끝이니까.

하루의 일과는 이미 마친 터다. 해가 남아 있는 동안, 뭘 하든 이젠 그의 자유다. 집으로 향하는 니키타스를 따라나섰다. 해변과는 거리가 있는 골짜기 초입에 그의 집이 있다. 열네 살 어린 아내와 세 아들이 그를 반긴다. 자식들에 대한 평가도 그는 거침이 없다.

—— 첫째는 지나치게 성실해. 저래서 결혼이나 할 수 있을지 모르겠어. 외국에서 온 관광객 여자라도 하나 꼬셔야 할 텐데 말이야. 둘째는 너무 게을러. 얼마 전에 학교도 관뒀어. 학교에 가면 답답해서 창자가 꼬일 지경이라나. 말을 듣게 해보려고 하도 잡아당기는 바람에 저렇게 귀가 커진 거야. 셋째는 지나치게 잘생겼어. 자라면 틀림없이 바

람둥이가 될걸. 딸도 셋 있었는데, 집안을 하도 어질러서 바다에 내다 버렸어.

대체 어디까지가 진담이고 어디부터가 농담인지 모를 이야기가 이어진다.

종려나무와 올리브나무가 주변을 둘러싼 그의 집은 아늑하다. 그리스 국기의 색이어서 집을 흰색과 푸른색으로 칠한 건지, 아니면 하도 희고 푸르게 칠한 집이 많아서 그리스 국기 색깔이 그리 된 것인지는 모르겠지만, 하얀 벽과 파란 창틀은 보고만 있어도 기분이 산뜻해진다. 나무 그늘을 통과하며 열기가 한풀 꺾인 산들바람이 여기가 지중해라는 것을 상기시켜준다. 하지만 집은 군데군데 블록이 드러나 있다. 자세히 보니 지붕이 없는 곳도 있고, 마루가 안 깔린 곳도 있다. 아직 채 완공되지 않은 집에 들어와 살고 있는 것이 아닌가 싶어 니키타스에게 물었다.

　　—— 여기 이사오신 지 얼마 안 되었나 봐요?
　　—— 그렇지. 이제 한 20년? 그전엔 육지에서 학교도 다니고, 군대에 도 꽤 있었으니.

20년. 겨우.
그러면 저 구멍난 지붕과 시멘트 바닥은 뭐란 말인가. 있었다가 없어진 것이라기엔, 쇠락해가는 것 특유의 우울한 느낌이 없다.

—— 여기 와서 이 집을 짓기 시작한 게 20년 전이야. 돈 생길 때마다 조금씩 짓다 보니 이렇게 된 거지. 아, 저 마루는 작년에 고기 잡아 판 돈으로 깔려고 했던 건데, 애들이 LCD 모니터인지 뭔지를 사달라고 하잖소. 그 덕에 아직도 저 모양이지.

우리는 카잔차키스의 조르바를 희대의 한량, 대책 없는 낭만주의자로 만 기억하는 경향이 있다. 하지만 그는 소설 속의 '내'가 탄광산업을 할 수 있도록 현실적인 조건을 제공하는 사람이자, 갖은 수단을 동원해 목재를 산 아래로 운반하는 장치를 만들고야 마는 추진력의 소유자이기도 하다. 노래하고 춤추는 것만큼이나, 아이디어를 내고 실현시키는 데 있어서도 조르바는 열정적이다. 니키타스는 생계를 이어간다는 것에 대해 도통 흥미가 없는 사람처럼 보이지만, 실상은 자신의 삶을 최대한 밀고 나가는 중이다. 아내와 아이들과 함께할 집을 가지고 싶다. 돈은 어쩌다 가뭄에 콩 나듯 들어온다. 그렇다면? 집을 느리게 지으면 된다. 철저하게 자기가 설정한, 자기만의 속도에 맞춰서 그는 앞으로 나아간다. 자기의 주인이 된다는 것. 그것은 결국 자기 시간의 주인이 된다는 이야기가 아닐까. 나를 위해 얼마큼의 시간을 어떤 속도로 쓸 것인지 정할 수 있을 때, 우리는 우리 자신의 주인이 될 수 있는 것 아닐까. 집을 짓고 있었던 20년 동안, 그는 미다스 왕이 부럽지 않았을 것이라고 확신한다. 새벽 바다에 나가 오로지 자신만을 위해 그물을 드리우는 시간이 그러했듯이.

조르바가 만든 나무 운반장치는 생각한 것만큼 튼튼하지 않았고, 결국 모든 것이 무너져내리며 이야기는 파국을 맞이한다. 맨 마지막 장면에서, 돈과 시간이 부서져 엉켜 있는 잔해 앞에서 그들은 춤을 춘다. 모든 것을 쏟아 부은 끝의 실패를 의연하게 받아들인다. 그렇기에 그 춤은 그토록 찬란하고 또 처연하다. 감당할 수 없는 상황 앞에서 춤을 추며 그들은 웃음을 되찾는다. 사라져버린 시간을 억울해하지 않고, 무익한 한탄으로 시간을 낭비하지 않고, 그들은 다시 그들 인생의 주인이 된다.

니코스 카잔차키스는 1957년 숨을 거뒀다. 그의 소설이 교회를 모독했다는 이유로 파문당했기에, 그의 시신은 공동묘지에 묻히지 못하고 이라클리오 교외의 언덕에 안치되었다. 그의 묘비명에는 다음과 같은 말이 쓰여 있다.

　　나는 아무 것도 원하지 않는다. 나는 아무 것도 두려워하지 않는다. 나는 자유다.

니키타스가 나에게 묘비명을 부탁한다면, 카잔차키스의 묘비명에 한 마디를 덧붙여 그에게 주고 싶다.

'나는 내 시간의 주인이다. 나는 자유다.'

비가 오지 않으면 좋겠어

전지적 고독 시점

Google Earth

구글 어스를 만든 사람은

여행을 무척이나 좋아하는 사람일 거야,

라고 생각해본다.

그는(혹은 그녀는) 틀림없이,

아주 크고 좋은 지구본을 가지고 있었을 것이다.

심심할 때면 그 앞으로 가서 특별한 목적도 없이

표면을 탁, 하고 쳐서는 빙글빙글 돌렸겠지.

처음엔 그저 접시를 돌리듯 했을 거야.

돌아가는 모든 것은 기본적으로 재미있으니까.

그러다가 빠른 회전이 어느 정도 잦아들고

바다와 산맥과 나라의 이름이 하나씩 눈에 들어오기 시작하면,

말없이 따라서 읽어보지 않았을까.

리히텐슈타인, 아드리아 해, 고비 사막, 지브롤터 해협,

카라차예보체르케스카야 공화국….

그리고는 상상했겠지.

여기엔 털모자를 쓰고 콧수염이 난 사람들이

양을 치며 살고 있을 거야.

이 바닷가를 차지한 사람들은 운이 꽤나 좋은걸.

이 사막 주변에 사는 사람들은 대체 뭘 먹고 살려나.

아, 답답해. 이건 확대가 안 되나.

아이폰처럼 손가락으로 벌리면 지도가 쭉 늘어나면 좋겠는데….

없으면 하나 만들지 뭐.

이 서비스가 처음 나왔을 땐,

구글은 참 대단해,

이렇게 별 시덥잖은 것을 이토록 글로벌한 규모로 추진하다니,

라고 생각했다.

몇 번 호기심에 이리저리 돌려본 이후 한참을 잊고 지내던 어느 날,

방송에 필요한 자료를 찾을 목적으로 다시 접속했다.

취재하고 온 곳의 가물가물한 지명들, 애매했던 나의 이동경로,

내레이션에 포함해야 하는, 지점과 지점 사이의 거리.

그런 것들이 구글 어스를 들여다보면 명쾌하게 정리되곤 했다.

하지만 점차,

한번 구글 어스 창을 열고 나면

닫기까지 걸리는 시간이 늘어났다.

지금 당장 필요한 지역의 데이터를 찾고 난 뒤에도

나는 이 가상의 공을 이리저리 빙글빙글 돌려가며

비가 오지 않으면 좋겠어

확대와 축소를 반복했다.

쿠스코, 엘뚜뷰, 참파삭, 티칼, 리코마, 고사인쿤드….

어쩌면 다시는 갈 수 없을지도 모르는 곳의 희미해져가는 이름들.

선명한 사진 속에 존재하는 내 자취가 묻은 건물들.

그중 하나를 검색창에 넣고 엔터 키를 누른다.

대략 2초 만에 나는 놀라운 속도로 비행해

그리운 장소의 상공에 도착한다.

마우스의 휠을 돌려 아래로 하강한다.

며칠 동안 힘들게 걸어갔던 숲길이 눈앞에 나타난다.

그래, 여기서 저 봉우리가 보였지.

아, 이 계곡이 이런 모양으로 연결되어 있어서

그렇게 돌아가야 했구나.

고도를 더 낮춰 지상 모드로 바꾸고, 앞을 향해 달려간다.

그래, 맞아.

여기에 이 오두막이 있었어.

여기서 나는,

여기서 나는,

그 사람과 헤어졌지.

젠장.

마우스를 쥔 손목에 스냅을 준다.

지구본이 빙글빙글
돌아간다.

비가 오지 않으면 좋겠어

시작이 없으면, 끝도 없다

밀라는 아마도 알렉의 텐트에서 잔 모양이다. 지익 하고 옆 텐트가 열리는 소리. 부드러운 여자의 음성. 잠이 덜 깬 굵직한 남자 목소리가 연이어 들린다. 곰 같은 자식. 제자의 여자고 나발이고, 데리고 자기로 마음먹었으면 그걸로 됐다 이거지. 눈이 떠진 김에 나도 몸을 일으킨다. 카프카스 산맥의 아침은 힘들다. 얼음만 얼지 않았을 뿐, 한 인간을 저체온증으로 보내버리기에 충분한 한기가 부실한 침낭 속을 파고든다. 굳어진 관절 하나하나를 펴려 하니, 10년 전에 만들어 창고에 처박아놓은 구체관절 인형이라도 된 기분이다.

텐트의 지퍼를 여니 차가우면서도 티끌 한 점 없는 산 공기가 한 평이 채 못 되는 공간을 가득 채운다. 콧속이 얼얼하다. 초점이 맞지 않는 눈을 억지로 부릅떠본다. 그러자 내가 속해 있는 시공간을 완벽하게

무시하고 있는 것 같은 여자의 뒷모습이 보인다. 탈색한 것처럼 밝은 금발머리. 허리와 어깨가 다 드러난, 하얀 망사로 된 탱크탑. 속이 다 비치는 하얀 치마. 우리 일행 (이라고 해봤자 여기 와서 만들어진 관계지만) 중 유일한 여자. 천사 같은 미소와 공들여 휘핑한 생크림 같은 피부를 지닌, 여기 있는 모든 남자들의 뮤즈.

밀라.

아직 설익어서 희뿌연 빛을 흘리는 것 말곤 별다른 힘이 없는 태양을 잠시 바라보다 밀라는 파샤의 텐트로 향했다. 지퍼를 반쯤 열었을까. 개구져 보이는 손이 불쑥 나와 밀라를 잡아당긴다. 깔깔거리는 웃음소리를 남기고 밀라는 텐트 안으로 사라진다. 텐트 밖 세상은 다시금 조용함을 되찾는다.

날카로워진 햇살이 얇은 텐트 벽을 찔러댈 무렵, 나는 밖으로 나왔다. 밀라도 어느새 나와 주변을 돌아다니고 있었다. 처음 본 꽃에게 말을 거는 건지, 누군가가 이곳에 숨겨놓고 간 편지라도 찾는 건지, 밀라는 신중한 표정으로 산비탈 이곳저곳을 누빈다. 제법 힘을 얻은 햇살이 그녀의 하얀 치마를 스크린 삼는다. 안에 감춘 늘씬한 다리와 동그란 엉덩이가 신작 영화처럼 절찬리에 상영된다. 나는 성인영화 포스터를 훔쳐보는 초등학생처럼 눈을 가늘게 뜨고 밀라의 치마가 그리는 궤적을 좇는다.

비가 오지 않으면 좋겠어

밀라의 아침 산책은 한 더미의 풀꽃을 손에 들고 돌아오는 것으로 끝났다. 하나둘씩 기지개를 커며 텐트 밖으로 기어나오는 일행에게 밀라가 내민 것은 양은 컵이었다. 컵 안에는 더운 물과 아침에 밀라가 모아온 허브가 들어 있었다. 찻잔에서 풍기는 야생 허브의 화한 냄새가 밀라의 환한 미소에 더해져 초원을 가득 채운다. 비현실적이다. 이 풍경, 이 냄새, 이 여자, 그리고 이 여자의 남자. 파샤가 밀라의 어깨를 끌어당기며 머리에 가볍게 키스를 한다. 그리고 이내 둘은 서로의 입술을 찾는다.

파샤는 밀라의 남자친구다. 파샤는 모스크바에서 IT 관련 스타트업을 제법 큰 회사로 키워냈다. 한동안 돈 걱정은 하지 않고 살았다고 했다. 최고급 스포츠카, 최고급 보드카 그리고 최고의 미녀들에 둘러싸여 살다 보니, 문득 재미가 없더란다. 자기가 지금 가장 하고 싶은 것이 무엇인지 생각해봤더니, 차 한 대에 자신이 제일 사랑하는 여자와 제일 좋아하는 즐길거리를 싣고 여행을 떠나는 거였단다. 그래서 그는, 밀라에게 부탁했다. 함께 떠나자고. 승합차 한 대에 패러글라이더와 젬베와 대마초를 싣고, 인도로 가자고. 친구에게 회사의 소유권을 넘기고 모스크바를 떠나온 지 6개월, 그들은 착실히 남서쪽으로 내려와 한 달 전부터 이곳 카프카스 산맥의 체겜 계곡에 자리 잡고 패러글라이딩을 즐기고 있었다.

체겜은 러시아의 패러글라이더들에겐 성지나 다름없다. 점심 먹기 전부터 깊은 계곡 사이에선 강력하고도 안정적인 상승기류가 만들어진

다. 게다가 이 지역의 터줏대감인 발카르 족은 친구가 찾아오면 사흘 내내 술과 음식을 대접하다가 나흘째가 되어서야 "그런데 무슨 용건으로 온 거야?"라고 물을 정도로, 손님 좋아하고 술 좋아하는 사람들이다. 워낙 외진 곳이어서, KGB의 뒤를 이은 FSB |러시아연방보안국| 요원이라고 하더라도 여기까지 찾아오려면 꽤나 큰마음을 먹지 않으면 안 된다. 중앙정부의 손길이 잘 미치지 않는 한적한 계곡 틈바구니에서, 도시에서 온 히피들은 평화롭게 대마초를 피워댄다. 그러다가 연기가 바람에 둥실 떠오르기 시작하면, 패러글라이딩 장비를 꺼내 들고 산비탈로 달려가는 것이다.

우리는 이곳에 이틀 전 도착했다. 알렉과 파샤는 한눈에 서로를 알아봤다. 몇 년 전, 파샤는 알렉에게 패러글라이딩 기술을 배웠다. 특수부대 출신인 알렉은 러시아의 패러글라이더들 사이에서 전설이다. 그의 활공 모습을 직접 보고, 교습을 받는다는 건 대단한 영광이다. 파샤에게 알렉은 존경하는 선생님이자 멘토였다. 알렉은 우리 팀의 가이드이자, 항공촬영 담당자이자, 운전기사이자, 실질적인 지배자였다. 물론 내가 돈을 주고 고용한 입장이었지만, 모스크바에서 1,500km나 떨어진 체겜 같은 오지에서 그의 의견은 곧 팀의 의견이었다. 만일 갑자기 이 근처에 핵폭탄이 떨어져 일대가 〈매드맥스〉에 나오는 무법천지가 된다면, 우리의 군주가 될 가장 유력한 인물이기도 했다. 결코 완력을 내세우는 거친 사내가 아니었지만, 다부진 몸집에서 풍기는 아우라는 그가 원하는 것에서 쉽게 손을 떼지 않는 사람이라는 것을 말해주

고 있었다. 그리고,

그는 밀라를 원했다. 처음 본 순간부터.

알렉은 부드러우면서도 집요했다. 여자를 많이 만나본 사내 특유의 밝은 유머와 세련된 매너로 자신의 욕망을 포장할 줄 알았다. 밀라가 그의 눈에 띌 때마다 가벼운 농담으로 웃음을 선사했고, 심리적 거리가 줄어드는 것에 비례해 물리적인 거리도 줄여나갔다. 하루 일과가 끝난 뒤 모닥불을 피워놓고 둘러앉으면, 밀라의 양 옆엔 두 남자가 앉아 있었다.

파샤와 알렉. 무심해 보이는 파샤에 비해, 알렉은 독일군 참호에 낮은 포복으로 접근하는 소련 병사처럼 밀라의 곁을 파고들었다. 갑자기 떨어진 기온을 빌미로 자신의 옷을 덮어주며 자연스럽게 어깨에 손을 올리는 걸 보고 있으면, 물 흐르듯 포석을 펼치는 일급 기사의 대국을 보는 것 같았다. 하지만 파샤는 자기 여자에게 점점 더 가까이 접근하는 알렉의 의도를 아는지 모르는지, 전혀 달라지지 않은 목소리 톤으로 둘과 대화하고, 고기를 굽고, 술을 따르고, 불을 뒤적였다. 둘이 함께 어둠 속으로 사라졌다가 나타났을 때도 파샤는 싱긋 웃고는 모닥불에 장작을 하나 더 던져넣었을 뿐이다.

밀라가 알렉의 텐트에서 자고 나온 날, 해가 지자 둘은 다시 어둠 속으로 사라졌다. 그리고 나는 파샤와 긴 이야기를 나눴다. 보드카 한 병을 거의 다 비울 때까지 대화는 이어졌다. 나는 그에게 이제 더는 밀라를 사랑하지 않는지 물었다. 자신의 여자가 다른 남자와 어떻게 되더라도 상관없냐고 했다. 파샤의 대답은 조금 의외였다.

—— 가장 사랑하는 여자고, 평생을 함께할 여자지. 하지만 그렇다고 해서 내가 일일이 그녀가 누구와 잘지 말지를 결정하는 건 아니야. 그건 밀라가 알아서 할 문제라고 생각해.

—— 그게 가능해? 다른 남자와 자고 온 자신의 여자를, 전과 똑같이 대할 수 있어? 아니 그걸 떠나서, 애초에 왜 그렇게 내버려두는 거야?

—— 이 관계는,

파샤가 보드카를 한 모금 들이켜고 말을 이었다.

—— 내가 발명한 거야. 여행을 결심하고 나서, 난 많은 여자들과 이야기를 나눴어. 그런데 밀라만 내 모든 생각을 끝까지 들어줬어. 서로를 옭아매는 관계는 결국 끝이 나게 돼. 깨어지거나 사그라들거나 둘 중 하나지. 밀라와 나는 그게 싫은 거야. 우리는 모든 문제를 대화로 풀 수 있어. 지금의 관계 역시 대화를 통해 우리가 내린 결론에 따른 거야. 어차피 우린 평생 함께할 건데, 둘 중 하나가 오늘 누구랑 자든 그게 뭐 그리 큰 문제겠어? 성생활 면에 있어서도, 오히려 다른 사람과 자고 나면 우리 사이에 모자랐거나 없었던 것들에 대해 깨닫게 되지. 그런 요소들을 받아들이다 보면, 결국 남는 건 어느 것보다도 단단

한 우리 둘의 관계야.

담담하게 이어지는 파샤의 이야기를 들으며, 나는 어쩐지 그에게 설득당한 기분이 들었다. 그리고 한편으로는, 내가 비밀스럽게 품고 있던 밀라에 대한 욕망이 스멀스멀 커지는 게 느껴졌다. 아침에 허브 차의 향기에 실려 부서지던 그녀의 달콤한 미소. 그 미소를 머금고 있던 도톰한 입술. 파샤와 알렉은 그곳에 입을 맞췄겠지. 매끈한 등을 손으로 쓸어내리고, 낭창한 허리를 휘어잡고 텐트 안으로 데려갔겠지. 나라고 안 될 게 뭐람. 심지어 파샤는 나보다도 키가 작은데! 내가 뭐 어때서. 내가. 왜. 나는. 뭐.

그러다가 문득, 내가 찍은 사진 한 장이 떠올랐다.
손을 잡고 함께 걷고 있는 밀라와 파샤의 뒷모습.
가볍게 잡았지만, 어쩐지 태곳적부터 잡은 채로 있었을 것 같은 손.
뒤에서 본 모습이지만,
그 사진엔 둘의 표정이 너무나 명확히 드러나 있었다.

안도감.

서로가 옆에 있음에, 무엇보다도 마음이 놓이는 상태.
그 사진이 떠오르는 순간, 나는 마음속으로 수건을 던졌다.

비가 오지 않으면 좋겠어

패배다.

이길 가능성이 없다.
마주잡은 손 사이로 누가 비집고 들어간들,
그 둘에겐 질 수밖에 없다.
함께 있으며 그런 표정을 짓고 있는 커플에게
이길 수 있는 존재는 아무도 없다.

문득 알렉의 성실한 얼굴이 떠올랐다.

너도 졌어.
우린 다 진 거야.

그나마
알렉도 졌다고 생각하니

기뻤다.

엔리케를 찾아주세요

정글의 비즈니스맨

열대의 태양과 비는 폭력적이다. 말없이 격렬한 섹스에 몰두하는 부부처럼, 잠시도 쉬지 않고 생명을 잉태시킨다. 그런 탓에 이키토스의 정글은 오후 세 시만 되어도 어두컴컴하다. 10m가 넘도록 길게 자란 교목들 사이로 이름 모를 덩굴식물이 빽빽하다. 그 틈으로 호아친 |Hoatzin|, 아라카리 |Aracari|, 마코앵무 |Macaw| 같은 새들이 소리를 지르며 날아다닌다. 작은 소동을 심드렁하게 바라보는 나무늘보 아래로, 골리앗 거미가 과묵한 발걸음을 옮긴다. 양털원숭이 어미는 세상 근심을 모두 품은 듯한 눈초리로 새끼에게 젖을 먹인다.

보트에서 내려 정글 한가운데로 들어온 지 네 시간째. 끊임없이 흘러내리는 땀으로 옷은 몸에 찰싹 달라붙었고, 모기떼는 그렇게 차려진 밥상을 마다않고 이국에서 온 별미를 즐기는 데 여념이 없다. 심심하면 나타나는 강풍과 번개로 쓰러진 나무는 때아닌 유격훈련을 강요한다. 인간의 대표가 되어 도시에서 자연을 몰아낸 벌을 받는 기분이다. 정글에 들어오면서 등산화를 신고 온 죄목이 추가되며, 나는 가중처벌의 나락으로 빠져든다. 허벅지까지 빠지는 개울을 따라 걸으며 나는 물이 가득 담긴 바가지 두 개를 발에 차고 걸을 것인지, 아니면 아예 맨발로 걸을 것인지를 택일해야 한다. 다행히 배낭 속엔 샌들이 있다. 하지만 그러면 흙탕물 속에서 발을 스쳐가는 것들의 알 수 없는 감촉과 싸워야 한다.

아나콘다.

밀림의 장벽에 가로막혀, 자동차로는 올 수 없는 정글의 수도ㅣ首都ㅣ 이 키토스. 마라뇽과 우카얄리라는 이름의 두 강이 합쳐져 아마존이라는 이름으로 흐르기 시작하는 곳. 전 세계 여행자들이 가장 가보고 싶어 하는 정글. 그 안을 여행하는 투어의 정점을 찍는 것은 이 거대 파충류를 만나 인증샷을 남기는 것이다. 12m까지 자라는 이 뱀은 사람들의 오해와 달리 온순하고 조용하다. 은신처에서 명상과 사색으로 대부분의 시간을 보낸다. 배고픔을 참을 수 없을 때에만, 조심성 없이 물가로 접근하는 악어나 카피바라를 잡아먹는다. 물론, 사이즈만 마음에 들면 사람이라고 딱히 봐주지는 않는다. 제대로 된 사냥에 성공했다면 이후 반 년 정도는 은둔의 삶에 몰두한다.

'○○에 가면 ○○'라는 클리셰에 사로잡힌 여행자들에게, 아나콘다 나름의 타임테이블 따위는 큰 문제가 되지 않는다. 이 정글의 터줏대감과 마주칠 수 있는가의 여부로 투어의 성패가 판가름 난다. 그리고 그것은 가이드의 명성에 직결된다. 변호사가 법정에서의 승률로 평가받듯, 정글 가이드는 정글에서 '포인트'가 되는 각종 동식물과 얼마나 효율적으로 만나게 해주는지로 평판이 좌우된다. 엔리케는 그런 면에서 탁월하다. 불편함이 패닉으로 바뀌기 직전인 정글 초보들을 부드럽게 다독여가며 정글의 비밀을 하나씩 풀어낸다.

—— 이 나무껍질은 '추추와시'라고 해요. 껍질을 달여서 먹으면 설사도 낫고, 암도 예방할 수 있죠. 게다가 정력도 좋아져요. 이 가지는 '오르나도 코르타도'라고 불러요. 자르면 깨끗한 물이 나오죠. 정글 속

에서 길을 잃을 때, 이걸 알고 있으면 목마를 염려가 없어요. 자, 입을 이쪽으로 대보세요.

—— 으허억! 엔리케! 애 좀 떼줘요!

—— 아, 염려 마세요. '씨엔또피에스'라는 이름의 지네예요. '100개의 다리'라는 뜻이죠. 물지 않아요. 키스라면 몰라도.

미국 배우 하비 케이틀을 닮은 이 사내는 도무지 모르는 게 없다. 어릴 때부터 정글을 놀이터 삼아 자라온 사람만이 보여줄 수 있는 편안함이 배어 나온다. '내 것이 아닌' 영역에 깊숙이 발을 들여놓은 도회지 촌놈으로서는 도무지 흉내낼 수 없는 경지다.

정글에 대한 지식이 쌓여가지만, 여전히 아나콘다는 소식이 없다. 날이 점점 어두워지는 것이 조급함과 불안함을 부채질한다. 정글에 들어온 지 사흘째다. 내일은 이곳을 나가야 한다. 오늘도 허탕을 친다면, 모처럼 이렇게 깊숙이 정글 속으로 들어온 보람이 사라지는 셈이다. 이런 불안은 짜증의 형태를 띠고 애꿎은 엔리케에게로 향했다.

—— 이제 신기한 식물도, 곤충도 됐어요. 충분히 봤어요. 대체 아나콘다는 언제 나오는 거예요? 날이 더 어두워지기 전에 뭔가 방법을 찾아야 하는 거 아녜요?

—— 세뇨르, 여긴 동물원이 아니에요. 보고 싶은 동물을 시간에 맞춰서 볼 방법은 없어요. 하지만 분명한 건, 아나콘다가 이 주변을 돌아다니고 있다는 것과 우리가 그 녀석을 볼 것이라는 사실이에요. 조금만

더 인내심을 가져요. 꼭 보여줄 테니 카메라만 잘 들고 있어요. 자, 여기서 간식을 좀 먹고 가는 건 어때요? 목도 축이고요.

미래에 일어날 일을 모두 알고 있다는 듯한 그의 말에, 짜증은 미안함과 창피함으로 바뀐다. 그래, 엔리케 정도 되는 가이드라면 머리 위를 날아다니는 마코앵무와 대화를 할 수 있을지도 몰라. 숲속에서 자고 있는 아나콘다쯤은 발견하기로 마음먹으면 일도 아닐 거야.

우리가 나무 그루터기에 앉아 배낭 속에 가지고 온 초콜릿과 비스킷을 먹는 사이, 엔리케는 홀로 배낭을 챙겨 들고 수풀 속으로 향했다.

　　—— 이 근처에 아나콘다가 종종 나타나는 장소가 있거든요. 제가 한 번 가보고 올 테니 여기서 기다리세요.

그가 사라지자, 주변은 일순 조용해진다. 정글 속에서 아무 소리도 내지 않고 가만히 앉아 있으면, 들리지 않던 것들이 들려오기 시작한다. 벌레의 울음소리, 모기의 날갯짓 소리, 개울에서 물고기가 수면 위로 튀어 오르는 소리, 하이톤으로 끽끽대는 양털원숭이의 울음소리가 차례로 가세한다. 파란 나비 한 마리가 느리게 날아가며 앉아 있는 공간을 한층 더 낯설게 만든다.
그때였다.

　　　　　　　　　　　　비가 오지 않으면 좋겠어

―― 세뇨르, 이리로 빨리 와봐요! 저쪽에 아나콘다가 있어요!

엔리케의 다급한 외침에, 일행은 카메라만 챙겨 소리가 나는 방향으로 달려갔다. 수풀 속에서 엔리케의 그림자가 언뜻언뜻 나타났다 사라졌다. 한참을 달려가니, 한곳을 가리키고 있는 엔리케가 보였다.

―― 아직 어린놈이에요.

그가 가리킨 곳엔 2m 남짓한 길이의 암녹색 뱀 한 마리가 똬리를 틀고 있었다. 아나콘다. 아직 정글의 왕좌에 오르기엔 세월이 많이 남은 녀석이다.

기대했던 것과는 좀 다르지만, 아나콘다를 봤다는 사실은 변하지 않는다. 기다림이 간절했기에 크기는 그렇게 큰 문제가 되지 않았다. 모두 만족감 속에 사진을 찍고, 동영상을 촬영하기 바빴다. 이제 우리는 정글 속에서 아나콘다를 마주친 무용담을 들려줄 수 있는 클래스의 사람이 된 것이다. 역시, 엔리케가 옳았어. 자연 속에서 우리가 조바심을 낸다고 해서 상황이 달라지는 게 아니지. 인내심을 가지고 자연이 허락할 때를 기다려야 하는 거였어.
엔리케의 주름진 얼굴이 빛나 보인다. 심지어 키까지 훨씬 더 커 보인다. 조금은 뻐길 법도 한데, 변화 없는 표정으로 우리를 바라보고 있는 게 그의 카리스마를 한층 더 돋보이게 해준다. 심지어 그는, 아나콘다가 더 잘 보일 수 있도록 머리를 잡고 방향을 바꿔주기까지 했다! 어린 아나콘다도 그의 기에 눌렸는지, 저항할 생각을 않고 축 늘어져 있을 뿐이었다.

—— 자, 이제 충분히 촬영했죠? 이제 정말 돌아가야 할 시간이에요. 어서 보트로 갑시다.

엔리케의 말이 아니더라도, 오늘 하루는 충분히 길었다. 어서 캠프로 돌아가고 싶었다.

—— 저는 여기 남아서 이 녀석을 다른 곳으로 옮겨놓아 주고 갈 터이니, 먼저 출발하세요.

열기가 사그라든 강바람은 부드럽고 시원했다. 마지막 남은 석양이 복숭앗빛 파도를 만들어냈고, 우리는 하루의 정점을 찍었다는 만족감을 곱씹었다.

뒤늦게 돌아온 엔리케는 보트 맨 뒤에 앉아 키를 잡았고, 나는 빵조각을 우물거리며 방금 전 마주쳤던 아나콘다의 모습을 머릿속에 떠올렸다. 그런데, 어딘가 거북했다. 이빨이 맞지 않는 직소 퍼즐처럼, 몇 가지의 그림이 딱 들어맞지 않는 느낌이었다. 상황의 긴박함과 목적을 달성했다는 기쁨이 순간을 지배했기에, 현장에선 미처 생각할 틈이 없었던 디테일이 떠오르기 시작했다.

비가 오지 않으면 좋겠어

아나콘다가 아무리 어리고 허기가 졌다고 하더라도, 왜 그렇게 무력했지? 저항도 하지 않고 사람의 손길을 순순히 허용한다? 그래도 명색이 야생동물인데…. 그나저나 아나콘다가 발견된 장소도 좀 이상해. 개울가의 진흙 속에 사는 아나콘다가 수풀 한가운데에서…. 게다가 아까 거긴 개미집 위 아니었어? 그렇게 허기지고 기운 없는 아나콘다가 사냥이라도 할 수 있는 물가를 버리고 기를 쓰고 정글 가운데로 들어갔다고? 그것도 개미집 위로?

한 번 떠오른 생각은 꼬리를 물었다. 지나치게 확신에 차 있었던 엔리케의 태도도 석연치 않았다.

반드시 보게 될 거라고? 행여나 마주치지 못했다면 어떻게 책임을 지려고 한 걸까? 내가 가이드라면, 오히려 아나콘다가 안 나오는 상황도 감수해야 한다는 것을 사람들에게 주지시키려 하지 않았을까? 그렇게 결정적으로 말한 것에 대해 나중에 컴플레인이라도 들어오면 어쩌려고 한 걸까?

왜 겼는지 알 수 없는 바둑을 복기하는 기사처럼, 나는 상황을 뒤로 돌렸다.

우리가 쉬고 있을 때, 엔리케가 먼저 수풀 속으로 들어갔지. 그러곤 우릴 불렀어. 그때 뭘 가지고 갔지? 배낭? 어, 그 배낭은 오늘 하루 종일

메고 있었던 건데?

머릿속으로 그림을 앞뒤로 돌려 보길 반복한다.

잠깐 갔다온다면서, 제법 묵직해 보였던 그 배낭을 왜 굳이 메고 갔던
거지? 우릴 불렀을 때 여전히 배낭을 메고 있었던가? 아닌데…, 안 메
고 있었던 것 같은데. 그리고 상황이 다 끝났을 때 엔리케는 우리더러
먼저 가랬지. 왜? 그 뱀을 다른 사람들이 못 보는 곳으로 옮겨주려고?
정글 한복판에서? 그리고 다시 돌아왔을 땐…

배낭. 묵직해 보이던 배낭!
급히 고개를 뻗어 배 안 여기저기를 훑어본다. 물이 많이 빠진 남색 천
으로 된 그 배낭은 뱃전에 처박혀 있다. 갑자기 두리번거리는 나를 바
라보는 엔리케의 표정은 여전히 변화가 없다.

30*l* 남짓한 배낭.
2m 크기의 뱀.

슬며시 웃음이 나온다. 빈틈없는 친구 같으니라고.

고개를 돌려 그를 본다. 강바람에 가늘게 뜬 눈 옆으로, 검게 그을은
피부가 세월의 모양대로 주름져 있다.

비가 오지 않으면 좋겠어

정글을 일터로 삼은 삶은 결코 평온하지 않았을 것이다. 바깥세상에서 온 사람들을 상대로 돈을 버는 한, 그는 가장자리의 인간일 수밖에 없다. 정글과 도시가 겹쳐지는 틈바구니에서, 어느 쪽에도 완벽하게 속하지 않은 채 살아간다. 때론 우쭐해하며, 때론 부러워하며. 정글의 지혜가 모든 상황에 들어맞지는 않는다는 것을, 그는 참을성 없는 여행자들과 부대끼며 깨달았을 것이다. 모두를 만족시키기 위한 그만의 노하우를 터득하기 위해, 얼마나 오랫동안 거북살스러운 상황을 감내했을 것인가. 아이에게 빵을 먹이고 노트를 쥐여주기 위해, 얼마나 많은 밤을 뒤척였을 것인가. 여기까지 생각하고 나니, 그 배낭에 대해 엔리케에게 이야기하는 것은 비열한 짓으로 느껴졌다. 그래, 이건 그와 나만 아는 비밀로 남기는 것으로.

고개를 돌려 한쪽 눈을 찡긋한다.

영문을 모르는 엔리케가 웃으며 엄지손가락을 들어 보인다.

정글의 비즈니스맨. 완벽한 생활인.

실패를 모르는 정글 가이드, 엔리케.

이키토스의 정글에 가시려거든,

결코 실망시키는 법이 없는 엔리케를 찾아주세요.

자연과 인간의 경계. 무위│無爲│와 인위│人爲│의 경계.
하지만 존재하는 모든 것의 목적은 하나. 살아남는 것.

정글 속에서 살아남으려면,
이런 표정을 한 남자의 곁에 있을 것.

완벽한 '아맥'

맥주를 사랑한다.

맥주의 짙은 노란색은 벽난로에서 새어 나오는 불빛처럼 눈과 마음을 편안하게 감싸주고, 희고 부드러운 거품은 사귄 지 얼마 되지 않은 연인의 손길처럼 나의 피부를 쓸어내린다. 잔을 기울였을 때 입안에서 느껴지는 탄산 섞인 날카로운 감각. 그것은 얼음을 머금고 내 입술을 덮쳐온 앙큼한 그녀와의 키스를 닮았다.

맥주를 가장 완벽하게 즐길 수 있는 시간, 또는 상황에 대해 모든 사람들이 저마다의 의견을 가지고 있을 것이다. 치맥, 길맥, 편맥, 강맥, 소맥, 낮맥 등등. 맥주는 이렇듯 특정한 시점이나 안주와 어우러져 술이 아닌 기억이 된다.

"맥주를 가장 맛있게 먹는 방법은 무엇일까요?"라고 묻는다면, '아맥'을 하라고 말해줄 것이다. 아침에 눈을 떠서, 아홉 시 이전에 첫 병을 따는 것이다. 안주는 있어도 좋고 없어도 좋다. 건강하고 건전한 생활 습관의 보급에 관심이 있는 분들이라면 학을 뗄 얘기겠지만, 공복의 위벽을 타고 내려가는 맥주의 반짝거리는 감촉은 퍽 근사하다. 위장 점막 세포들이 모두 파인트 잔을 손에 들고 "롸큰뤄얼!" 하고 소리치는 느낌이랄까.

감수성 예민할 사춘기 때 섭취한 음악이 평생 동안 어떤 음악을 듣고 살 것인지를 결정짓듯, 강렬한 한 번의 체험은 남은 생애 동안의 취향을 결정짓는다. 내시경 때마다 나는 의사로부터 "이 학생은 수학만 좀 열심히 하면 내신등급이 오를 수 있습니다" 류의 충고를 듣는다. 만성 위염 때문이다. 그럼에도 불구하고, 나는 기회가 있을 때마다 '아맥'을 한다. 그리고 그런 날은 대체로, 정말 퍼펙트하게 아무것도 할 일이 없는 날이다.

2010년 3월 22일 아침 일곱 시. 나는 아프리카의 말라위 호숫가에 있었다. 호수는 거대하다. 눈을 가린 사람을 호수 가운데에 데려다놓고 안대를 풀어주면, 그는 이곳이 바다라고 믿을 것이다. 일주일에 걸쳐 이 호수를 오르내리는 배는 단 한 척. 1951년에 영국에서 만들어진, '일랄라'라는 이름의 정기여객선이다. 이 배는 반세기가 넘도록 이 고장 사람들의 삶의 일부였다. 그리고 이 기록은 100년을 채울 가능성이 높다. 배는 튼튼하고, 사람들은 돈이 없다.

배는 호수에 연한 온갖 마을과 섬을 연결한다. 개중엔 접안시설이 되어 있는 곳이 있고, 백사장만 덜렁 있는 곳도 있다. 후자가 더 흔하다. 호수 안에서 제일 큰 섬인 리코마도 마찬가지다. 일랄라를 타려는 사람들은 먼저, 짐을 든 채 조그마한 보트에 올라야 한다. 그런 다음엔, 침몰하는 배를 탈출하는 것과 정반대의 프로세스가 이어진다. 당연히 여기엔 몰려드는 사람들을 순서에 맞게 분류해줄 번호표 발급기도, 덩치 큰 사람들의 물리력으로부터 나를 보호해줄 펜스도 없다. 그저 의지와 결기만 있을 뿐이다.

일랄라를 떠난 보트가 백사장에 들어온다. 한 시간 전부터 기다리던 사람들이 보트에 몰려든다. 마치 내일 섬이 가라앉을 운명이기라도 한 것처럼. 팔꿈치와 팔꿈치, 어깨와 어깨가 부딪히고, 우수한 체력과 집요함이라는 유전형질을 가진 개체들이 승리를 차지한다. 과열된 공기가 새벽의 신선함을 무색하게 만든다. 내가 저 자연선택의 소용돌이에 뛰어들기엔, 아직 상위 포식자가 너무 많다. 시간은 있다. 배가 떠나는 시각은 여덟 시. 그 사이에 보트는 몇 번 더 왕복을 거듭할 것이고, 시간의 흐름은 나처럼 신체능력과 투쟁심이 떨어지는 녀석에게도 올라탈 기회를 허락할 것이다. 단지, 조금의 인내심만 있으면 된다.

배가 떠나기 15분 전. 이제 더는 미룰 수 없다. 엑소더스의 열기는 아직 사그라들지 않았지만, 나에겐 더 이상 시간이 없다. 무조건 보트에 타야 한다. 돌격, 앞으로. 나도 한다면 하는 놈이야. 비켜. 밀지 마. 내 짐을 받아. 날 끌어올려. 나라고 못 밀칠 줄 알아? 러시아워에 한국 지하철 안 타봤지? 퇴근길의 신도림 역에서 갈고 닦은 솜씨를 보여주마. 딱히 하고 싶은 일은 아니었지만, 기왕 하게 된 거 잘하고 싶은 노동자의 윤리가 여기에도 적용된다. 10분 후, 나는 일랄라의 갑판에 발을 디뎠다.

출발 예정 시각을 넘겨 막바지 출항 준비가 분주하게 펼쳐지고 있지만, 배의 최상층 갑판은 고요하고 쾌적했다. 1등 선실 티켓을 가진 사람만 들어올 수 있는, 선택받은 자들을 위한 공간. 1등 선실이라야 눅

눅한 매트리스에 언제 갈았는지 모를 시트가 덮인, 장급 여관보다도 못한 방이다. 하지만 바로 위 선데크 | Sun deck | 를 전세 내다시피 사용할 수 있다는 것은 말라위 일정을 통틀어 가장 큰 사치였다. 게다가 이곳에는… 제대로 된 냉장고를 갖춘 바 | Bar | 가 있다! 아침이면 늘 그래 왔다는 듯이 나는, 바를 지키고 있는 선원에게 하이네켄 한 병을 주문했다. 배가 목적지에 닿는 것은 밤 열두 시 반. 지금부터 스무 시간 하고도 30분 동안, 나에게는 '때려 죽여도' 할 일이 없다.

차가운 물방울이 흘러내리는 녹색 병을 들고, 난간 앞에 섰다. 아직도 보트에서 배로 옮겨 타고 있는 사람들이 만드는 작은 아수라가 내려다보인다. 한 모금을 들이켠다. 가엾은 인간세상을 관조하는 신이라도 된 기분이다. 적어도 오늘 난, 간다르바 | Gandharva | 다. 향냄새를 맡고 그저 놀기만 하는 신이다.

자본주의 사회에서 완벽하게 아무것도 할 일이 없기 위해선 둘 중 하나가 필요하다. 무한대의 재산 또는 무한대의 용기. 그 둘 모두 이번 생에서는 글렀다. 버는 머리는 없이 쓰는 머리만 있고, 노는 것을 좋아하나 생계에 대한 두려움을 떨치지 못한다. 그렇다고 무위 | 無爲 | 가 주는 평화로움을 포기할쏘냐. 아무리 머리를 굴려도 할 수 있는 일이 없는 시간마저, 쓸데없는 번민으로 흘려보낼쏘냐.

그럴 바엔, 아침부터 한 잔의 맥주를 마시겠다. 오늘 하루 아무것도 안

비가 오지 않으면 좋겠어

해도 된다고 나 자신에게 선언하고, 그럴 수 있음에 감사하겠다.

바로 지금, 딱히 뭘 하지 않아도 이대로 좋으니까.

그저 지금의 바람과 햇살과 빗방울의 냄새를 느끼면 되는 거니까.

한걸음 앞으로, 허공을 향해

중력에 몸을 맡겼다간 죽음에 이른다.

선조들이 죽음으로 깨우쳐 본능 속에 저장한 지식이다.

유인원 시절부터 학습된 본능을 거스르는 것은

또 다른 죽음으로 느껴질 만큼 고통스럽다.

바누아투의 남자들이 성인이 되기 위한 통과의례로

발목에 덩굴을 감고 탑 위에서 뛰어내렸던 건,

그런 공포를 이겨낼 수 있어야 어른 대접을 받았기 때문이다.

뉴질랜드 남섬, 카와라우 계곡.

43m 높이의 다리 난간을 뚫고 튀어나간 좁은 발판.

남들 뛰는 것을 촬영하러 올라왔을 땐

아무런 두려움 없이 걷고 서고 몸을 내밀었던 곳이,
그 사이 사형장이라도 된 것처럼 무서워진다.
변한 것은 뛰어야 한다는 사실 하나인데
빛, 소리, 공기, 나를 둘러싼 모든 것들이 다르게 느껴진다.
첫키스를 목전에 둔 중학생처럼
가슴이 미칠 듯 쿵쾅거린다.

비명이라도 지를 수 있었던 건,
한 번 튕겨 오르고 나서 다시 떨어질 때였다.
강물을 향해 내리꽂힌 처음의 격렬한 하강 동안 나는,
어깻죽지와 목덜미가 아플 정도로 돌덩이처럼 굳어 있었다.
들이쉰 숨이 그대로 고체가 될 수 있다는 걸
그때 알았다.

요요처럼 몸이 다시 위를 향할 때,
나는 어머니 몸속을 갓 벗어난 아이처럼
숨을 쉬기 위해 소리를 질렀다.
한 번 소리가 터져 나오자
굳은 숨에 막혀 돌지 않던 피가 돌기 시작한다.
아드레날린의 쓰나미가 지나가고,
격한 스트레스를 다스리려 안간힘을 쓰는 뇌가
스스로에게 진통제를 처방하며

기분을 극적으로 뒤집어놓는다.
미친 것처럼 웃음이 터지고,
밧줄 없이도 둥실둥실 떠오를 수 있을 것처럼
몸과 마음이 가벼워진다.

사람들은 도약을 꿈꾼다.
더 나은 미래를 위해서라면 당연히
더 높은 곳을 향해 뛰어올라야 한다.
하지만 언제나 가장 큰 용기를 필요로 하는 것은
아래를 향한 도약이다.

놓을 수 있는가.

아래를 보지 않을 수 있는가.

한 걸음 앞으로, 허공을 향해

내디딜 수 있는가.

비가 오지 않으면 좋겠어

그저 풍경 속으로,

한 걸음 앞으로 내딛기만 하면 돼.

먼 미래를 듣는다는 것

Uluru 혹은 _Ayers Rock_

북으로 곧게 뻗은 길은 정직했다. 여섯 시에 지평선을 박차고 솟아오른 태양은 오전 내내 운전자의 왼쪽 팔과 어깨를 뜨겁게 달구다가, 정오 무렵에는 차 지붕을 쪼개버릴 듯 내리쪼였다. 하루에 이동하는 400km 남짓한 거리는 그대로 위도의 변화가 되어, 대지는 메말라가고 식물의 키는 점점 더 작아졌다. 파리 떼의 밀도는 두고두고 졸여대는 족발집 솥 안의 국물처럼 진해졌다. 가끔 차를 멈추고 도로변에서 휴식이라도 할라치면 이 염치라고는 조금도 없는 난봉꾼들이 어김없이 달려들었다. 눈, 코, 입, 귀 어디든 습기를 머금고 있는 곳이라면 환장하고 달려들어 핥아대는 이들을 보면, 사막을 이기는 목숨의 강인함과 모질음, 그리고 한편으로는 생계를 유지한다는 것의 구차함이 느껴졌다. 이따금 30m는 족히 될 듯한 로드 트레인|Road Train, 트레일러 여러 대를 이은 차량|이 2차선 도로의 반대편을 지나쳐갔다. 그 커다란 덩치가 마

오리* 럭비선수처럼 밀고 지나가면 주변의 공기는 기가 질린 듯 몸을 피했고, 급작스럽게 생겨난 진공 속으로 흘러드는 기류는 6인승 캠퍼밴도 휘청이게 했다.

"좌.회.전."
대시보드 위에 모래주머니로 고정된 단순하기 짝이 없는 내비게이션이 단조롭기 짝이 없는 목소리로 명령했다. 이 명령어 하나를 듣기 위해 우리는 1,400km를 달려왔다. 최종 목적지인 호주 북단의 다윈에 도착하기 위해선 아직도 1,600km 넘게 직진을 계속해야 하지만, 황무지의 한가운데엔 사흘 걸려 여기까지 온 여행자가 홀린 듯 좌회전을 하게 만드는 유혹적인 존재가 있다. 호주에 오는 여행자들이 누구나 한 번쯤 여정의 위시리스트에 담아 보는 이름.

울루루.

'높이 348m, 둘레 9.4km인 세계에서 가장 큰 바위'라는 설명은 이 지역이 얼마나 메말랐는지를 표현해줄 수는 있겠지만, 이 암석 덩어리가 사람들에게 주는 열망과 욕망과 감탄과 영감에 대해서는 아무런 단서를 주지 못한다. 차라리 '일본 소설《세상의 중심에서 사랑을 외치다》의 클라이맥스를 이루는 배경으로 등장해 애절함의 절정을 표현하는 장치로 쓰인 바위'라든가, 〈소년중앙〉과 〈어깨동무〉에 마추픽추와 쌍벽을 이루는 불가사의한 곳으로 수차례 등장하여 80년대 소년들의 가슴에 이국적 풍경에 대한 로망의 불을 지른 바위'라고 하는 편이 훨씬 구체적인 심상을 알려준다.

4번 지방도를 타고, 얼둔다, 이만파, 율라라 같은 중간계의 느낌을 주는 지명을 가진 곳들을 지나치자, 드디어 듬성듬성한 나무들 사이로 울루루의 윤곽이 보이기 시작한다. 처음엔 '설마 저것이 그 전설의 울루루…?'라는 느낌을 줄 정도의 야트막한 언덕으로 보였던 것이, 가까이 다가감에 따라 '아하, 저것이 전설의 그 울루루!'라는 느낌을 줄 정도로 커다랗게 변한다. 사암질 위에 세로로 새겨진 줄무늬의 거친 질감이 판별될 정도의 거리로 다가서자, 드디어 울루루는 머릿속의 이름이 아닌, 눈으로 목격한 현실이 된다.

한국에서 해외전문 다큐멘터리 프로듀서라는 직업이 가지는 거의 유일한 좋은 점은, 잡지나 인터넷에서 본 한 장의 사진, 한 줄의 이름을 기억해놓았다가 그곳에 가볼 수 있는 기회가 많다는 점이다. 때로 그 하나의 이름은 어린 시절부터 품어왔던 동경의 대상일 수도 있다. 반면에 이 작업이 가지는 많은 나쁜 점 중의 하나는, 그 장소가 주는 감동을 온전히 느낄 수 있는 가능성이 거의 없다는 것이다. 여행 다큐멘터리를 만들 때 프로듀서의 존재 이유란, '여행을 하는 것'이 아니라 '사람들을 여행하고 싶도록 만드는 것'이기 때문이다.

'울루루 선셋 뷰잉 에이리어 | Uluru Sunset Viewing Area |'는 울루루 석양을 즐기려는 여행자들의 공식 관람석이다. 어디 간들 허허벌판인 이 동네

에서 꼭 여기에 차를 대야 한다는 법은 없지만, 울루루의 정서쪽에 위치한 이곳에 자리를 잡으면 호주관광청에서 발간한 책자 첫머리에 나오는 것과 동일한 각도의 사진을 찍을 수가 있는 것이다. 지금 생각해보면 왜 그랬을까 싶지만, 막상 현장에서는 내 카메라에 담긴 앵글이 '어딘가에 나왔던' 것과 비슷하면 대견함과 안도감을 느꼈던 것을 고백하지 않을 수 없다. 시간에 쫓기는 생활인이 가질 수밖에 없는 조악한 취향의 기준점이랄까. 차를 대고, 스틸 카메라로 한두 장 찍어본 가이드샷이 '어딘가에 나왔던 것 같은' 그림이 되자, 더 고민할 것 없이 촬영 장소는 결정되었다.

'드.디.어. 여.기.에. 왔.구.나.'

이 한 문장을 머릿속으로 생각하는 3초 정도의 시간만큼만, 난 감상에 젖었던 것 같다. 거친 질감의 종이에 인쇄된 조잡한 폰트와 카피. '일곱 가지 색으로 변하는 신비의 바위: 에어즈-록*'이라고 쓰인 문구를 봤을 때 '국민학생'의 가슴 속에 번졌던 떨림. 그렇게 하면 색이 어떻게 변하는지 알 수 있게 되기라도 하듯 해상도 낮은 흑백사진 속의 도트들을 뚫어져라 바라보던 시절의 기억. 그 신비로움을 맨눈으로 마주하게 되었다는 감개무량함이 가슴을 훅 쓸고 지나가는 데 3천 밀리세컨드라는 시간은 길지도 짧지도 않았다. 그리고 나서 '신비의 바위'는, '피사체'로 신분을 바꿨다. 검찰청에 '참고인'으로 출석했다가 '피의자'로 불리게 된 사람들의 운명이 그러하듯, 내 머릿속에서 울루루라는 자극을 처리하는 방식 역시 전혀 다른 양상으로 바뀌었다.

현재 시각은 다섯 시. 날씨는 맑음. 석양 촬영 가능성 100%. 일몰까지
한 시간. 카메라는 모두 세 대. 카메라맨은 나 하나. 세 대로 커버해야
할 주요 타깃과 우선순위는? 1. 울루루의 색깔이 변하면서 그림자가
올라가는 타임랩스*. 2. 그것을 보는 출연자의 표정과 뒷모습. 3. 해가
지는 타임랩스. 4. 해가 지고 난 뒤 출연자의 정리 멘트. 5. 울루루 석
양을 보는 다른 여행자들의 표정 스케치 및 인터뷰. 1, 3은 카메라 한 대
씩을 '쌍박아'서 '뻗치기'로 찍고, 2, 4, 5를 내가 데모찌*로 커버한다.

여기까지 계획을 세우는 데 2분, 그리고 카메라를 설치하고 촬영에 들
어가는 데 10분. 혼자서 여러 개의 접시를 돌리는 곡예사처럼, 카메라
에서 카메라로, 사람에서 사람으로 넘어다니면서 구도를 보고, 노출을
확인하고, 레코딩이 제대로 돌아가고 있는지, 남은 테이프 분량은 넉
넉한지 체크한다. 여기에 출연자의 코멘트는 적절한지, 표정은 자연스
러운지, 옆에 앉아서 석양을 기다리는 여행자들 중에 재미있는 사람은
없는지 신경 쓰다 보면, '울루루의 석양이 주는 본연의 감동' 따위는
한 달 후에 쓸 내레이션 문장에나 등장할 상투적인 문구 수준으로 퇴
락해버린다.

하지만, 지상 최고의 순간을 만끽하고 있는 사람들을 방해한다는 것은
여전히 불편한 일이다. 손에 손에 와인 아니면 맥주를 들고, 캠핑 의자

비가 오지 않으면 좋겠어

에 깊숙이 몸을 기댄 채 사랑하는 사람과 키스를 나누며 시시각각 변해가는 바위의 색채를 만끽하는 사람들. 그들 앞에서 카메라를 들고 이리 뛰고 저리 뛰는 것은 그렇다 쳐도, 비척비척 다가가 카메라를 들이대고 굳이 지금 느끼고 있는 감정을 말로 표현해보라고 요구하던 나는, 지금 생각해보면 파리처럼 느껴졌을 수도 있었겠다. 습기가 있는 곳이라면 기를 쓰고 파고드는, 그리하여 질긴 목숨을 이어가는. 어쩌랴. 일상이란 것이 본디 그런 것인데. 그들이 내려놓고 떠나왔을 것들을 나는 모두 지고 떠나온 것뿐인데.

다음 날, 나는 울루루 앞에 다시 섰다. 전날 석양과 색 변화를 카메라에 담는 데 성공했으니, 이젠 위에 올라 전체의 조망을 담아보려는 생각에서였다. 울루루엔 정상까지 철제 난간이 설치되어 있다. 제법 가파른 구간도 있지만, 올라다녔던 다른 산들에 비하면 난이도가 그렇게 높은 편도 아니다. 하지만 내 계획은 두 가지에 의해 가로막혔다. 한 가지는 그날따라 강하게 분 바람이고, 다른 하나는 등반로 입구에 쓰여 있는 표지판이다. 울루루 등정 코스는 비가 오거나 바람이 불면 폐쇄된다. 가속이 한 번 붙기 시작하면 멈춰줄 것이 없는 매끈한 바위인지라, 이곳에서 목숨을 잃은 사람만 해도 서른 명이 넘는다. 첫 번째 이유는 그렇게 이해한다 치는데, 둘째 이유는 좀 더 복잡하다. 원래 이곳은 아낭구*라는 부족의 땅이다. 그들에게 이곳은 조상의 탄생신화와 연관된 신성한 장소다. 따라서 그들은 이곳에 오르는 것은 물론, 사진을 찍는 것조차 금기시한다. 하지만 지역경제에 지대한 영향을 미치고 있는 울루루에 사람들이 못 오게 막을 수는 없는 노릇. 지역정부에서도 울루루 등정 자체를 금지하지는 않고 있어서, 아낭구 족이 동원할수 있는 방법이라곤 표지판을 세워 여행자들에게 호소하는 것 정도다. 여기까지였으면 '그래서 뭐 어쩌라고. 나는 여전히 배가 고프단 말이다'라며 날씨가 좋아질 때를 기다려 정상에 올랐을지도 모르겠다. 하지만 그 표지판에 쓰인 아낭구 족의 옛 가르침은 나를 한동안 멍하게 만들었다.

이곳에 오르려 해서는 안 된다.
그것은 이곳의 진정한 의미가 아니다.
진정한 것은 모든 것을 듣는 것이다.
이것은 너를 슬프게 만들 수도 있다.
하지만 우리는 말할 것이다.
이것이 옳은 길이라고.
이것이 옳다. 오르지 말라.

일곱 가지 변화하는 색채. 와인과 맥주. 포옹과 키스. 타임랩스와 인터뷰. 그 어느것도 진짜는 아니다. 당신이 흑인이든, 백인이든, 나비이든, 파리이든, 그런 것도 중요하지 않다. 진짜는, 듣는 것이다. 눈을 감고 바람의 노래를, 나뭇잎의 살랑거림을, 바위의 이야기를, 6억 년의 세월을. 저 거대한 바위가 90°로 회전했을 무렵의 격정적인 에너지를, 그리고 앞으로 다시 90°를 회전하는 데 걸릴 영겁의 시간을, 그리고 아

비가 오지 않으면 좋겠어

예 사라져버릴 먼 미래를 '듣는' 것.

손에 카메라를 들고 그것을 들을 수 있을까.
카메라를 버리면 들을 수 있을까.
다시 돌아오면 들을 수 있을까.

파리 한 마리가 귓가를 간지럽혔다.

---

* **마오리** |Maori| 뉴질랜드 원주민. 체구가 크고 체력이 좋아 유명한 럭비 선수가 많다.

* **에어즈-록** |Ayers Rock| 울루루는 1980년대 중반 이후 '그늘이 지난 곳'이라는 뜻의
  본디 이름을 되찾기까지 초대 호주총리인 헨리 에어즈 | Henry Ayers | 의 이름을 따 '에
  어즈-록'이라 불렸다.

* **타임랩스** |Time-lapse| 오랫동안 촬영한 영상을 빨리 돌려 시간의 경과를 표현하는
  영상기법

* **데모찌** |てもち| 카메라를 손에 들고 촬영하는 핸드헬드 | Hand Held | 기법의 일본식 표
  현. 방송 현장용어로 널리 쓰인다.

* **아낭구** |Anangu| 호주 원주민을 통칭하는 아보리진 | Aborigine | 이라는 말은 '최초부
  터'라는 의미의 영어 단어이며, 호주에는 250개 이상의 언어를 사용하는 수많은 원
  주민 집단이 있다. 아낭구 족도 그들 중 하나다.

듣는다.

바위의 이야기를, 이끼의 노래를, 연인의 숨결을, 먼 미래를.

체리의 뒷맛

기차선로를 따라 걷는다는 것.

얼핏 생각하면 낭만적으로 느껴질 수도 있겠지만 이것만큼 짜증나는 일도 많지 않다. 일단 철로 위엔 굵은 자갈이 깔려 있다. 이놈들은 가장자리로 갈수록 급한 경사를 이루며 작은 언덕을 만든다. 그 옆이 수풀인 경우엔 좋든 싫든 철로 가운데를 따라 걸을 수밖에 없다. 처음 걷기 시작한 사람은 십중팔구 침목에서 침목으로 걸음을 옮겨볼 것이다. 그러다가 그것이 별로 편하지 않다는 사실을 금방 깨닫는다. 도무지 걸음의 박자가 맞지 않는 것이다. 철로의 침목은 인간의 보폭보다 반걸음 정도 넓은 간격으로 설치되어 있다. 이걸 디디며 걸으려면, 원래 자기의 걸음걸이보다 조금씩 더 겅중거리며 뛰는 모습이 된다. 불편하다.

그렇다고 침목 간격을 무시하고 걸으면, 이번엔 침목, 자갈 그리고 침목과 자갈의 턱을 무작위로 밟게 된다. 덥스텝 춤이라도 추는 것처럼, 걸음마다 발목의 각도가 제멋대로 꺾여 피로가 종아리를 타고 엉덩이까지 올라온다. 남은 한 가지는 레일인데, 양팔을 벌려 균형을 잡으며 좁다란 쇳덩이 위를 걸어가는 모습은 1990년대 하이틴 영화의 한 장면을 따라하고 있는 것처럼 보이는 것 외엔 아무짝에도 쓸모가 없다.

결국 선로를 따라 걷는 사람은 이렇게 해보기도 하고, 저렇게 해보기도 하다가 결국은 자포자기하는 심정으로 발길 따라 걷게 된다. 자갈이든, 침목이든, 레일이든, 닥치는 대로 발을 내딛다 보면 걸음걸이는 점점 더 옹색해진다. 난 딱히 다리를 얻으려고 마녀에게 목소리를 판 것도 아닌데 왜 이런 고통 속에 한 발 한 발 내디뎌야 하는지, 투덜투덜 구시렁구시렁… 그러다가 이내 그런 불평마저 사그라들면 그나마

비가 오지 않으면 좋겠어

형편이 나아진다. 대뇌에서 고통을 디폴트 값|Default Value. 컴퓨터 프로그램에서 기본적으로 입력되어 있는 설정치|으로 받아들이게 되었다는 의미니까. 기왕 이럴 바엔 걷고 있는 '나'라는 존재까지 완전히 소멸시켜 선|禪|의 경지에 이르는 것도 방법이겠는데, 고단한 자아가 좀처럼 희미해지질 않는다. 내가 지금 철로 위를 걷는 건지 아니면 구름 위를 걷는 건지, 대체 왜 이 지구 반대편의 페루까지 와서 군대에서도 안 하던 완전군장 급속행군을 해야 하는 건지는 어떻게든 잊는다손 쳐도, 당장 이 다음에 내가 어디로 가야 하는지까지는 지우기 힘들기 때문이다.

    이키토스행 비행기. 내일 14:00 리마 출발.

지금은 이 단순한 명제가 내가 지구에 태어난 이유의 전부다.

여섯 시간 전, 나는 생애 최고의 순간을 맛봤다. 여행자의 성배. 블러드 다이아몬드. 발할라. 엑스칼리버. 남미대륙이라는 케이크 위에 올라앉은 체리. 어떤 표현을 가져다 붙여도 그 본질이 가지는 감동을 표현하기엔 불가능한 존재, 마추픽추*. 일평생 한 번 메카의 검은 돌을 보고 나면 죽어도 여한이 없는 무슬림처럼, 나는 이 오래된 공중도시를 꿈꾸고 또 꿈꿨다. 하지만 당연하게도, 꿈은 현실과 같지 않다. 여행과 촬영. 전자가 잘 차려진 밥상을 먹는 일이라면 후자는 정말 근사해 보이는 밥상을 차리는 일이다. 그리고 그 밥상 위의 음식은 정작 먹을 수도 없는 플라스틱 모형이다. 이런 측면에서 여행 프로그램 촬영은 훨씬 고약하다. 정말 좋은 레스토랑에 가서 꿈에나 그리던 메뉴를 주문한 뒤, 먹을 생각은 않고 플라스틱 음식을 만들 본을 뜨기 시작해야 하는 것과 다르지 않다.

당신이 마추픽추에 오른다고 해보자. 가이드의 손을 잡은 채로 눈을 감고 언덕길을 올라, 남쪽 테라스의 조그만 오두막 앞에서 눈을 뜬다. 발아래엔, 현실로 믿기엔 지나치게 아름다운 돌의 도시가 펼쳐진다. 당신은 아마도, 짧은 탄성을 내지를 것이다. "아!" 하고. 여행자에겐 이것으로 충분하다. 마추픽추가 주는 감동은 그 첫 탄성을 내지르는 순간에 이미 대부분 당신의 것이 되었다.

하지만 탄성만 내지르고 있어서는 누구도 취재를 대신 해주지 않는다. 주거 구역과 신전 구역은 어떻게 나뉘어 있는지, 태양의 신전엔 언제 태양빛이 수평으로 비추는지, 신전의 돌벽은 정말로 바늘 하나 들어갈 틈 없이 맞물려 있는지, 잦은 지진에도 견딜 수 있었던 비결은 무엇인지, 카메라에 담을 것은 한이 없고 흐르는 시간은 멈추는 법이 없다. 촬영을 마무리할 무렵이 되면, 처음 느꼈던 벅찬 감동은 온 데 간 데 없고 오로지 내가 카메라에 담은 것과 그러지 못한 것만 머릿속에 남기 일쑤다.

그렇지만…

마추픽추다.

600년의 시간을 품은 돌계단을 오르내리는 나의 발걸음은 점점 더 느

비가 오지 않으면 좋겠어

려졌고, 완만한 경사를 이룬 돌담을 쓰다듬으며 나는 더 오래 생각에 잠겼다. 도무지 그러지 않을 수가 없었다. 와이나픽추 봉우리와 어우러진 칼날능선 위 옛 도시의 골목길에선 600년 전의 이야기가 들려왔다. 야마 털로 짠 숄을 어깨에 걸친 처녀들이 물을 길었을 수도엔 아직도 물이 넘쳐났고, 처음 보는 백인들이 아랫동네에서 분탕질을 일삼고 있다는 소식에 놀란 사람들이 모여들었을 광장엔 온 세상의 언어들이 나직이 떠다녔다.

이미 사라져버린 사람들의 흔적을 좇으며, 나는 이 장소에 조금이라도 더 있길 원했다. 여기서부터 오늘의 번뇌는 잉태된 셈이다. 조금 여유를 부렸다 싶은데 시간은 이미 오후 세 시. 어느새 북적이던 관광객들은 자취를 감췄고 따갑던 햇살은 눈에 띄게 힘을 잃었다. 이젠 정말 돌아가야지. 온수 샤워가 기다리는 쿠스코로.

그렇지만,

나다.

나.

나? 개고생의 아이콘이라 불리는 남자.

—— 파업이라니! 그게 무슨 소리래?

마추픽추의 베드타운쯤 되는 아구아스 칼리엔테스에 돌아와서 기차를 타려던 나에게 들려온 청천벽력 같은 소식. 글쎄 여기서 쿠스코로 향하는 유일한 교통수단인 기차가 파업이란다. 사실상 칠레 자본이 장악

하고 있는 쿠스코-아구아스 칼리엔테스 간 열차는 복잡한 소유권과 독점적 운영으로 인해 잡음이 끊이질 않는다. 철로 운영으로 얻어지는 수익을 놓고, 노동자들에게 주는 임금을 놓고, 하루에 마추픽추에 들어갈 수 있는 관광객의 숫자를 놓고 사람들은 끊임없이 싸운다. 뭐, 좋다. 애들은 싸우면서 크고, 역사는 충돌 속에서 정의를 찾아간다. 하지만 굳이, 굳이, 굳이, 굳이 내가 쿠스코로 돌아가는 날 그런 역사적인 충돌이 일어날 필요는 없는 것이다!! 게다가 나는 당장 내일 쿠스코에서 이키토스로 떠나는 비행기 표를 끊어놓았단 말이다!

자, 마음을 가라앉히고 다시 한 번 생각해보자. 파업이 시작되었는데 이것이 며칠 갈지는 아무도 모르는 일이고, 무엇보다도 나는 내일 오후에 무조건 쿠스코 공항에 있어야 한다. 그렇다면? 다른 방법은 없다. 움직여!

다른 옵션이 없다는 것이 판명되고 나면, 인간의 대응은 꽤 신속해진다. 누가 봐도 분명히 해야 하는 일을 먼저 하면서 생각을 거듭하는 것이 시간을 아끼는 방법이다. 바둑에서 초읽기에 몰린 기사가, 이미 죽은 게 뻔한 상대의 돌을 하나 따내며 생각할 시간을 버는 것과 마찬가지다. 지금 상황에서 무조건 해야 하는 일은 일단, 차가 다니는 길까지 나가는 것이다. 그리고 이것은 내가 10km 떨어진 수력발전소까지 걸어가야 한다는 것을 의미한다. 어떻게?

'철로를 따라서.'

비가 오지 않으면 좋겠어

잘 걸어야 세 시간이라고 생각했는데, 수력발전소의 철조망이 나타난 건 저녁 일곱 시. 두 시간 반 만에 주파한 셈이다. 걸어오면서 생각하고 또 생각했는데, 다음 방법은 여전히 떠오르지 않는다. 수력발전소에서 일하는 사람들이 출퇴근하는 비포장도로가 하나 나 있을 뿐, 버스 정거장 같은 게 있는 것도 아니다. 정말 구체적인 볼일이 없으면 지나갈 일이라고는 없는, 그저 그런 산길이 하나 시작될 뿐이다. 일행인 카메라 감독 Y와 나는 누가 먼저랄 것도 없이 일단 바닥에 퍼져 앉았다. 급작스러운 행군으로 몸 안에 쌓여 있던 젖산이 분해되면서 도파민이 분비되었기 때문일까, 아니면 그저 힘들어서 두뇌가 마비된 나머지 전후 상황이 잘 파악되지 않아서였을까. 이상하게 마음이 평온했다. 고어텍스 재킷 안에서 올라오는 뜨거운 기운은 부드러운 바람을 맞으며 사그라들었고, 모자를 벗자 서늘한 밤기운이 이마에 내려앉았다. 여기까지만 오면 뭐라도 될 것 같은 마음에 그토록 길을 서둘렀건만, 정작 도착해서 얻은 것은 정적과 휴식, 그 두 가지뿐이다.

우리 뒤로 처졌던 여행자들이 하나둘 수풀 속에서 모습을 드러낸다. 그들 역시 대책 없는 아구아스 칼리엔테스에서 무작정 날을 보내느니 뭐든 시도해보는 게 낫다는 생각으로 여기까지 걸어온 사람들이다. 어떨 때 보면, 사람이나 고양이나 새나 다를 게 없다. 누군가 오도카니 앉아 있으면 차츰 그 옆에 와서 앉는 이들이 많아진다. 단순히 내 옆에 누가 있다는 사실만으로 안도와 위안을 느낀다.

우리의 체온은 생각보다 더 강한 중력을 만들어낸다. 그들도 아마 나

결국, 어디를 밟든 마찬가지.
무엇을 밟은 건지 잊으면 그만.

기차 옆구리에 '세상에서 가장 느리고 비싸고
툭하면 멈추는 열차'라고 쓰면 아무도 안 탈 테니까,
일단은 'PERU RAIL'.

와 같은 것들을 느꼈던 것 같다. 몸을 젖히고 앉은 채 멍하니 길을 쳐다보는 눈길엔 망연자실함보다는 평온함이 담겼다. 은근한 미소가 오간다. 광산이 무너져버린 다음 바다를 쳐다보고 있는 조르바의 친구들이라고나 할까.

어둠이 완연해지고, 수력발전소 담장에 불이 켜진다. 누군가 기타를 꺼내 연주하기 시작한다. 사람들의 거리는 점점 가까워지고, 오가던 대화는 하나의 노랫소리로 모여든다. 절박함과 짜증이 지배했어야 할 우루밤바 강가는 그대로 시르타키* 춤이 펼쳐지는 크레타의 바닷가가 된다.

'대책 없는 히피들 같으니라고…' 생각하면서도, 입가엔 미소가 스민다.

당장 내일 오후에 여기서부터 100km 떨어진 곳에 있지 않으면 모든 계획이 틀어질 것임에도 불구하고, 이상하게 걱정이 되지 않는다. 이 정도면 충분히 격렬했다. 격렬하게 뛰고, 달리고, 고민하고, 취재했다. 아마존은 개뿔. 기왕 이렇게 된 거, 일단 오늘은 저 무리들 틈에 섞여 노래나 하다가 노숙이나 때리고, 내일쯤 근처 산골마을이라도 찾아가서 차량을 수배해보는 거지. 그래도 안 되면? 일주일이고 한 달이고 여기 있어야 하는 거면? 아, 몰라. 그냥 여기서 살지 뭐. 방송이고 뭐고 때려치우고 여기서 여행자들 비디오 찍어주는 가게라도 하나 열까. 그전에 저기 앉아 있는 저 드레드 머리를 한 스페인계 여자애한테 가서 말이나 붙여볼까. 아까 이쪽을 보는 것 같았단 말이야. 어깨에 있는 문신, 자세히 보고 싶어. 아, 괜찮다면 골반 쪽에 살짝 보이는 것도…. 다

비가 오지 않으면 좋겠어

큐는 뭐고 방송은 다 뭐야. 아무짝에도 쓸데없어. 바람이 참 좋네. 이
대로 자고 싶다…

그때였다.

—— 산타 테레사에 있는 친구와 통화가 됐어요! 미니버스를 한 대
보내준대요! 거기까지 가면, 오늘 밤 안으로 쿠스코에 데려다줄 수 있
는 사람을 구할 수 있을지도 몰라요!

지금껏 거의 도움이 되지 않던 가이드 호세가 신이 나 뛰어오며 소리
쳤다.

…

샹노무 새끼.

갑자기 도움은 되고 지랄이야.

내 머릿속은 다시 다음 계획으로 가득 차기 시작했고, 조르바들의 노
랫소리는 웃음소리에 섞여 점점 커져갔다.

---

* **마추픽추**|Machu Picchu| 페루 쿠스코 시의 북서쪽, 안데스 산맥 속에 자리잡은 잉카
  문명의 고대도시. 산 아래쪽에서는 전혀 보이지 않아 '공중도시'라고도 불린다. 자연
  경관과 어우러진 뛰어난 조형미를 자랑한다.

* **시르타키**|Sirtaki| 《그리스 인 조르바》의 마지막 장면에서 '나'와 '조르바'가 추었던
  그리스 전통 춤.

마약 커피

일요일 저녁.

결국 비가 내린다.

사그라드는 주말의 여운에 빗소리가 겹쳐서인지

기분이 한없이 내려앉는다.

습한 바람이 불고, 아스팔트 냄새가 은은하게 퍼진다.

쇼윈도의 불빛이 바닥에 반사되고, 거리의 사람들이 사라지고,

차들이 와이퍼를 작동시킬 무렵,

한 잔의 무스탕 커피가 마시고 싶어진다.

생각해보면 좋을 리가 없었다. 8월의 랑탕 트레일은.

계곡 아래에서부터 꾸준하게 모여드는 구름은

오후 두 시가 되면 비로 변했다.

꼭 의자 뺏기 놀이 같았다. 구름들이 서로의 눈치를 보다가

"30밀리!"라고 누군가 외치는 순간 그만큼의 비를 내리는.

한 번 시작된 비는 다음날 아침까지 그치지 않았다.

사람들은 처음엔 방수 재킷을 때리는 빗방울 소리를 들으며 걷다가

등을 타고 흐르는 빗방울을 느끼며 걷다가
허리띠 안쪽으로 스며드는 차가운 기운을 느끼며 걷다가
신발 안에서 철썩이는 파도 소리를 들으며 걸어야 했다.

거머리.

8월의 히말라야에서 가장 신이 난 생명체.
거머리도 춤을 춘다는 것을, 나는 랑탕에서 알았다.
꽁무니를 풀잎 위에 고정하고, 어떻게든 한 놈만 걸려라,
라는 심정으로 거머리는 춤을 춘다.
비 내리는 락페스티벌 현장의 소녀팬처럼 열광적으로 머리를 흔든다.
그렇게 누군가와 인연이 닿으면,
그때부턴 아무도 이 조그마한 난봉꾼을 거부할 수 없다.
우린 너무 이르지 않나요, 라는 질문 따위 사절이다.

너는 내 거야. 나만의 것.
너에게 입 맞출 거야. 아무도 모르게.

롯지에 도착하면,
이 Smooth Criminal의 흔적부터 찾아야 한다.
혹시라도 어딘가에 숨어 있을지 모를 비밀스러운 녀석의 자취를 찾아
피투성이가 된 정강이를 수건으로 대충 닦아내고,

비가 오지 않으면 좋겠어

축축한 옷가지를 훌러덩 벗어 옷 솔기 하나하나를 뒤진다.
젖은 머리에선 김이 나지만 등줄기는 더욱 차가워진다.

거머리와의 술래잡기를 끝내면,
비로소 마른 옷으로 갈아입고
젖은 옷가지와 신발을 들고 식당으로 내려간다.
물기를 대충 짠 옷가지를 널어놓고
신발 밑창을 빼서 난롯가에 기대어놓고
신발은 끈을 풀어 물기가 빠져나올 수 있도록 최대한 아가리를 벌려
불기운이 닿는 곳에 놓는다.
그리고 타는 불을 말없이 바라본다.
젖은 솜처럼 몸이 무거워진다.
함석지붕을 때리는 빗소리가,
너의 고통은 내일도 계속될 것이라며 깔깔댄다.

열흘 넘게 반복될 뻔히 보이는 앞날에 절망한다.
내일도, 모레도, 산은 보이지 않을 것이다.
거머리는 더 신이 나서 나를 찾을 것이다.
발이며 정강이며 사타구니며,
그 조그맣고도 포악한 사디스트의 감촉 없는 이빨에
피투성이가 되는 나날이 이어질 것이다.
No way out.

끝까지 걷는 것 말고는 도망갈 길이 없다.

젖은 머리가 반 넘게 말랐을 무렵.
가이드가 양철컵 하나를 들고 다가온다.

　　　── 무스탕 커피예요. 마셔봐요.

외부인의 접근을 쉽게 허용하지 않는 은둔의 땅, 무스탕 계곡.
그 이름이 붙은 커피라니. 비전의 레시피라도 되는 것인가.
안에는 갈색의 뜨거운 액체가 노란 기름을 머리에 인 채 담겨 있다.
코를 가져가니, 수증기에서는 느낄 수 없는 매운 기운이
코와 눈을 자극한다.
술기운이다.

　　　── 커피에 야크 버터랑 설탕 그리고 럭시 | Raksi, **रक्सी**, 네팔식 소주 | 를
　　　탄 거예요.

들어서는 쉽게 이해되지 않는 조합이다.
삼바댄서가 한삼자락을 휘날리며 시타르 음악에 맞춰
왈츠를 추는 것만큼이나 괴상하다.
하지만 피부로 전해지는 따스함과
풍풍 풍겨오는 커피 냄새, 고소한 버터 냄새,

그리고 잠깐이지만 아득하게 만드는 럭시의 술기운이
나의 손을 움직이게 만든다.

흠.

아,
이거 좋아.

적당한 기름기에 실린 온기가 식도 전체를 후끈거리게 하고,
위장에 닿자마자 되돌아 올라오는 럭시의 향이 코 안을 가득 채운다.
기분 좋은 달콤함이 화재현장에 도착한 119 구조대처럼,
붕괴된 멘탈에 깔려 있던 '기분'을 구조해낸다.
입안을 채우는 커피의 친숙한 쌉쓸함이 말없이 어깨를 두드리고,
목덜미에서 어깻죽지로, 다시 등과 허리로
카페인과 알코올, 당분의 에너지가 몸을 타고 흐른다.

드럭의 오케스트라.
암브로시아. 암리타. 넥타르. 감로.
어떤 이름을 붙여도 어울릴 맛. 아니 순간이다.

'세계의 끝'으로 향하는 여행자들은
이런 것을 마시며 걸었던 거구나.

쓸쓸하고 두려운 고산의 사막을 횡단하기 위해
비밀리에 이런 음료를 마시고 있었던 거구나.

몸 안에서부터 퍼지기 시작한 더운 기운이
적절한 나른함이 되어 둥글게 순환한다.
손과 발이 따뜻해지고, 뒷목에 옅게 땀이 배어난다.

문득,
내일 걸을 일이
꽤나 할 만하게 느껴진다.

인간이란 얼마나 간사한가.
컵 한 잔에 담긴 액체의 온기로
닥쳐올 풍랑을 잠시 잊고 행복에 빠져든다.

비가 멈춘 것도 아니고,
길이 변한 것도 아니다.
발부리에 채일 돌멩이와 정강이에 박힐 엉겅퀴 가시는
비어가는 컵과 관계없이 내일 지나칠 그곳에
그대로 있다.

근데 말이지,

비가 오지 않으면 좋겠어

어차피 비는 멈추지 않을 거잖아.
어차피 길은 변하지 않을 거잖아.

오늘 저녁,
온 힘을 다해 한 잔의 무스탕 커피를 마시는 게 왜 간사해.
온 힘을 다해 즐거운 생각을 하는 게 어디야.
온 힘을 다해 지금 이 순간,
내 안의 행복을 끌어 모으는 게 뭐가 어때.

뜨겁고, 진하고, 달콤한,
한 잔의 행복을 마시는 게
뭐가 어디가 어때서 그래.

비 따위, 돌멩이 따위, 엉겅퀴 따위.

거머리 따위.

어차피 없어지지도 않을 거면서.

체념과 갈망. 그 사이로 난 길을 걷는 8월의 히말라야.

두껍게 내려앉은 구름을 탓하지 말 것.
원래부터 그런 것이라 여길 것.

조그마한 틈새에도 고마워할 것.

거머리의 죽음

거머리 씨의 최후진술 중에서

오늘 당신은 나에게 사형을 언도했다.

나와 당신이 한 몸이 되었던 자리에선 아직도 붉은 피가 솟아 나온다. 내가 잠시나마 미래에 대한 헛된 꿈을 꾸었던 따뜻한 그곳. 이제는 돌아갈 수 없음을 안다.

물론, 동의를 구하지 않고 당신이라는 존재의 완결성에 흠집을 낸 것은 나의 잘못이다. 하지만 무한한 자비심으로 중생을 구제한 부처가 태어난 나라에서, 없어도 되는 피 몇 모금을 나에게 나눠준 것이 그다지도 노여웠던가.

안개비가 뿌리던 오늘 아침, 나는 비상한 각오로 진흙을 비집고 길 한가운데로 나왔다. 당신을 만나지 못했더라면, 나는 어차피 죽을 목숨이었다. 다른 이의 생명을 나눠 갖지 못하면 살아갈 수 없는 숙명을 타고났기에, 오후의 뙤약볕에 몸이 굳어져 그대로 티끌이 되었을 것이다.

당신의 온기가 느껴졌을 때, 나는 신에게 감사했다. 그리고 온몸을 던져 춤을 추었다. 피부를 통해 전해지는 당신의 체온이 있는 쪽으로 다급하게 몸을 구르며, 남아 있는 마지막 에너지를 끌어올려 춤을 추었다. 시바*가 추는 우주의 춤도 그때 내가 펼쳐 보인 몸짓에 비하면 시시하기 짝이 없었을 것이다. 그리 하였기에, 나는 당신을 붙잡을 수 있었다. 바짓가랑이를 붙잡고 매달릴 수 있었다. 그때만 해도 당신은 내가 안중에도 없었다.

나는 나의 분수를 안다. 내 생김새가 당신을 놀라게 하고, 나의 숨결이
당신을 불쾌하게 만들 것임을 잘 안다. 그래서 나는 최선을 다해 은밀
하게 움직였다. 당신이 신경 쓰지 않도록, 기분 나빠하지 않도록, 나를
드러내지 않고 당신에게 다가갔다. 당신만이 희망이기에. 당신을 만나
기 위해 모든 것을 쏟아 부었기에. 당신에게 거절당하면 더는 갈 곳이
없었기에.

지도도, 이정표도 없는 당신의 몸 위에서 옷에 덮이지 않은 맨 살갗
을 찾아냈던 순간을 기억한다. 내 길지 않은 삶 동안 가장 달콤하고 황
홀한 순간이었다. 뻣뻣한 솜털이 박힌 풀잎이나 거칠고 눅눅한 진흙
의 감촉만 알고 있던 나에게, 따뜻하고 보드라운 당신의 살결은 천국
이 실재한다는 증표였다. 그 감각을 알게 됨으로써, 비로소 나는 완전
해졌다. 여전히 진흙 속에 굴러다니는 녀석들과는 다른 차원의 존재가
되었다. 나는 선택되었다.

살갗 아래 흐르는 피를 느끼며, 나는 몇 번이고 망설였다. 내 모든 경
배를 바쳐도 좋을 당신의 몸에 상처를 내야 한다는 사실에 절망했다.
그 방법 말고는 내 목숨을 연장할 수단이 없는지 거듭 돌이켜 생각했
다. 하지만 그것 말고는 길이 없었다. 당신의 생명을 나눠 가지는 것
말고는, 살 방법이 없었다. 슬프지만 그것이 나였다. 그래서 나는 최대

한 신중해지기로 했다. 모든 과정에 심혈을 기울이기로 했다. 당신이 알아채지 못하도록, 당신이 아파하지 않도록, 그러나 한 번 시작하면 도중에 멈출 수 없도록, 그리하여 내가 살아가는 데 충분한 온기를 얻을 수 있도록. 그것이 나의 배려이자 계획이었다.

내 몸 안으로 당신의 혈액이 들어올 때, 부끄럽지만 엑스터시를 맛봤다. 어지럽고 나른했다. 하마터면 당신을 붙들고 있던 것을 놓칠 뻔했다. 절정감은 지속되었다. 조금 더, 조금만 더 하면 되었다. 그러면 나는 만족스럽게 진흙 속으로 돌아가, 몇 개월이고 행복한 꿈을 꾸며 당신이 나눠준 삶을 이어갈 수 있었다. 그래봤자 당신에게는 있으나 없으나 마찬가지인 피 몇 방울일 뿐이다. 그것이 나에겐 삶의 모든 것이라는 것을, 당신은 알 이유도, 알 가능성도 없었다.

꿈은 거기까지였다.

주변이 갑자기 밝아지고, 당신은 나를 발견했다.
팔도, 다리도, 코도, 귀도 없고,
오로지 입과 항문만 있는 내 모습을 당신은 보아버렸다.
나 따위에겐 그 한 방울의 생명도 아깝다는 생각이
당신의 찡그린 얼굴에 그대로 묻어났다.

그래서 당신은 나에게,

사형을 언도했다.
내 등을 불로 지지고,
쓰라림에 몸부림치며 땅에 떨어진 나를
소금더미에 처박았다.
피부가 찢어지고, 세포가 터지는 고통 속에서
나는 죽어간다.

하지만 나도 당신에게
상처를 입혔다.

아프지는 않을지 몰라도
붉은 피는 멈추지 않을 것이다.
언제까지건 내가 거기 있었다는 사실을 상기할 수 있도록
내가 입 맞춘 흔적이 남아 있을 것이다.
우리가 한 몸이었다는 사실은 변하지 않을 것이다.

아득한 죽음의 고통 속에서도
나는 떳떳하게 말할 수 있다.
적어도 오늘만큼은,
나보다 더 당신을 간절하게 원한 이는 없었노라고.

비가 오지 않으면 좋겠어

- **시바** |Shiva| 시바의 다른 이름은 나타라자 | Nataraja, 춤의 왕 | 이다. 그는 우주의 중심에서 춤을 추며 세상을 파괴하는 동시에 재창조한다. 나타라자의 춤은 우주의 영원한 순환을 의미한다.

날아가볼까, 산마루에 앉을까

The Girl from Gosainkund

랫삼 피리리, 랫삼 피리리 |비단이 팔랑, 비단이 팔랑|

우데라 자운키 단다마 반장 |날아가볼까, 산마루에 앉을까|

랫삼 피리리 |비단이 바람에 팔랑이네|

귓가에 맴돌던 노랫소리가 아련하게 잦아든다.

살짝 당황스러운 고요함이 엄습한다. 이런. 비가 올 동안만 눈을 붙이자 싶었던 건데 네 시간 넘게 자버린 모양이다. 낭패스러운 감각이 발뒤꿈치부터 스멀스멀 올라오지만, 머리는 여전히 침낭 지퍼를 열어젖히라는 명령을 내리길 주저한다. 어차피 더 촬영하긴 글렀다. 이대로 의식의 지평 너머로 도망가버리자는 속삭임을 억지로 뿌리치고, 몸을 추슬러 앉는 데까지 성공한다. 불과 50cm 상승했을 뿐인데도 코끝은

달라진 온도를 감지한다. 젠장, 춥다.

보온병에서 뜨거운 물 한 컵을 부어 들고 롯지 앞으로 나와본다. 눈 앞에 고즈넉한 호수의 풍경이 펼쳐진다. 안개가 옅어진 틈으로 보이는 것은, 엄청나게 많은 사람들이 다녀간 흔적. 버려진 쓰레기, 천막, 옷가지, 음식물, 뒹구는 배설물. 그 틈으로, 버려진 꽃묶음과 흩뿌려진 꽃잎. 아, 다들 떠났구나. 정말 뒤도 안 돌아보고 떠났구나.

터무니없는 상실감이 밀려온다.

뭐지 이건.

해마다 8월이 되면 네팔의 랑탕 지역에 거주하는 사람들은 구름 속의 호수, 고사인쿤드*를 찾는다. 해발 4,400m에 위치한 이곳은 종교에 아무 관심이 없는 사람의 눈으로 보아도 영험한 기운이 넘쳐흐른다. 사람의 생각이란 엇비슷하기 마련이어서, 이 호수는 불교도와 힌두교도 모두에게 신성한 장소로 여겨진다.

이틀 전, 나는 다큐멘터리 촬영을 위해 순례자들의 틈바구니에 섞여 고사인쿤드로 향하는 중이었다. 8월이면 우기다. 매일같이 내리는 비는 안 그래도 무거운 다리를 더욱 피곤하게 만들었고, 계곡에 꽉 찬 구름과 안개는 기껏 이 높이까지 올라온 보람을 앗아가버렸다. 산의 풍경이 담기지 않는 산악 다큐멘터리 촬영은 암담함의 연속이었고, 도무지 낙이라곤 찾을 수 없었다.

비가 오지 않으면 좋겠어

호수로 향하는 길목에 위치한 촐랑파티│Cholangpati│의 롯지는, 몰려든 사람들의 인구밀도만으로도 쾌적함과는 거리가 멀었다. 세네갈에서 쿠바로 향하던 노예선도 이보다 더하진 않을 터였다. 당연히 숙면을 이루기란 불가능에 가까웠고, 어떻게든 눈만 붙이고 다시 걷게 되길 바랄 뿐이었다.

다음 날 아침, 밤새 뒤척이던 몸을 이끌고 식당으로 내려갔다. 추위로 굳어버린 다리에 기운을 불어넣기 위해 듯찌아*를 한 잔 시켰을 때, 나는 쟁반을 들고 음식을 나르고 있는 그녀를 보았다. 하얀 피부, 가냘 픈 목과 긴 손가락, 쌍꺼풀 없는 커다란 눈에 진한 속눈썹. 티벳 계통의 네팔인답게, 그녀의 얼굴은 어딘지 친숙한 아름다움을 품고 있었다. 이 지역 따망 족 여성의 유니폼과도 같은 검은색 원피스와 알록달록한 머릿수건만 아니라면, 한국에서 온 여행자라고 해도 믿었을 것이다. 검은 소매 끝으로 언뜻 언뜻 보이는 하얀 손목을 구경하느라, 이미 차갑게 식어버린 듯찌아를 최대한 천천히 할짝거렸다. 출발시간은 어김없이 다가왔다. 내가 부릴 수 있는 늑장도 딱 거기까지였다.

짐을 챙겨 롯지를 나설 때, 나는 배낭을 메고 검은 우산을 챙기는 그녀와 마주쳤다. 아… 원래 여기서 일하는 사람은 아니구나. 내색은 최대한 안 했지만, 걷는 동안 시선을 둘 곳이 생긴 것이 기뻤다. 아직 걷기 시작한 것도 아닌데 심장박동이 좀 더 경박해졌다.

우리는 비슷한 시간에 롯지를 나섰다. 안개가 자욱한 산길은 자기만의 방식으로 순례에 임하는 사람들로 붐볐다. 나팔을 불고 북을 치는 요

비와 땀. 피와 거머리. 외로움과 고단함.

하늘 위의 호수에서 안식과 축복을 얻기 위해
각오해야 하는 것들.

가 수행자들, 끊임없이 노래를 부르는 따망 족 아주머니들, 이참에 한 몫 잡아보려 80kg은 족히 되어 보이는 짐을 지고 올라가는 상인들. 그 대열 속에서 그녀와 나는 만났다 헤어지기를 반복했다. 쾌활하고 시끌 벅적한 여느 따망 여인네들과는 달리, 그녀는 뭔가 생각에 잠긴 표정 이었다. 옆에서 누가 뭘 물어봐도 배시시 웃기만 했다.

안개의 커튼을 뒤집어 쓴 고사인쿤드 패스는 우울하고 지루했다. 요란 스러운 퍼레이드를 벌이는 순례자들은 카메라의 좋은 먹잇감이긴 했 으나, 이번 다큐의 주인공은 산이었다. 메인디쉬가 폭망해가고 있는 데, 가니시를 아무리 화려하게 치장한다 한들 정찬을 되살릴 수는 없 는 법. 찍을 것 없이 그저 걷고 있는 PD는 손님도 싣지 않고 여기저기 쏘다니는 택시기사나 다를 바 없었다. 나의 우울함을 공유할 이유가 전혀 없는 이들의 부푼 기대와 쾌활함을, 가쁜 숨을 내쉬며 쳐다볼 뿐 이었다. 그 길에 유일한 위안이 있었다면, 도무지 그 축축한 시공간을 함께 점유하고 있다고는 믿기 힘든 그녀의 아름다움이었다. 어쩌다 시 야에 들어오는 그녀의 청초한 목덜미만으로도, 숨쉬기가 조금은 편해 지는 느낌이었다.

고사인쿤드에 도착한 다음 날, 날이 밝자마자 카메라를 챙겨 들고 호 숫가로 내려갔다. 폭 600m 남짓한 호숫가에 2만 명이 넘는 사람이 모 여 있었다. 트레커들 말고는 사람 구경하기조차 힘들던 산중의 호반이 인근에서 가장 붐비는 장소로 변했다. 산 그림자가 물러가고 호수 건 너편에서 해가 떠오르면, 사람들은 한층 부산스러워진다. 호숫가로 향하는 네와리 족, 신당으로 향하는 따망 족과 라마 족. 저마다의 방법으로 축일을 기리는 인파들을 헤치고 나는 건너편의 언덕으로 향하고 있었다. 따망 족의 의식은 아침 일찍 끝난다고 들었기에, 그들을 먼저 촬영할 심산이었다. 늪지대를 통과하는 소총병처럼, 카메라를 머리 위로 번쩍 들고 인파의 틈을 요리조리 비껴가고 있는 내 앞을 누군가가 가로막았다.

―― 또 만났네요. 어디 가요?

귀엽게 서툰 영어 발음, 낯익은 얼굴…. 하지만 눈으로 들어온 정보가 기억과 연결되기까지는 시간이 좀 걸렸다.

아!

고사인쿤드 호숫가에서 그녀가 말을 걸었을 때, 나는 놀랍고도 창피했다. 잡지 속 화보의 주인공이 나에게 말을 거는 일이 일어난 것 같아 놀라왔고, 나의 은근한 관음 |觀陰| 을 들킨 것 같아 부끄러웠다. 하지만 그냥 도망가기엔 그녀의 웃음이 너무나 해맑았다.

―― 아… 따망 족이 저 위쪽 호숫가에서 의식을 한다고 해서….
―― 그거 벌써 마치고 내려오는 길인데. ㅎㅎ
―― 엇! 그래요? 늦었네….

찍으려던 걸 놓친 낭패감에서였을까. 간만에 일 좀 제대로 할 수 있는 하루가 시작되려 한다는 조바심에서였을까. 나는 그 자리를 어서 벗어나고 싶었다. 하지만 그녀가 나에게 먼저 말을 걸어준 이 상황으로부터 그저 뚜벅뚜벅 걸어나가 버리고 싶지는 않았다.

―― 난 이제부터 일을 해야 해서…. 혹시 시간 되면 나중에 둣찌아 한 잔 하지 않을래요?
―― 그래요? 어디서요?
―― 아, 저 언덕 위에 있는 롯지 앞에서요.
―― 좋아요.

처음 말을 걸었을 때의 옅은 미소가 사라진 쿨한 표정을 남기고, 그녀는 친구와 함께 사라졌다. 1분이나 채 걸렸을까. 짧은 대화였기에 더 현실이 아닌 것처럼 느껴졌다.

간밤에 내린 폭우가 비구름을 모두 소진시켜서인지 날씨는 너무 좋았고, 촬영할 것들은 많았고, 마음은 바빴다. 사람들에서 사람들로, 봉우리에서 봉우리로 카메라를 돌리다보니 시간은 어느덧 점심때였다. 대체 언제 점심을 먹으러 올 건지 궁금했던 우리 팀의 요리사 꺼멀이 바위 위에 올라서서 두리번거리고 있는 게 보였다. 밥 먹으라며 채근하는 그에게 이제 곧 마치고 가겠다고 말했을 때, 그는 어쩐지 내 일로 여겨지지 않는 이야기를 꺼냈다.

　　　　　　　　　　　　　　　비가 오지 않으면 좋겠어

—— 친구가 저 쪽에서 기다리던데?

—— 네?

—— 친구분이라면서… 아가씨 한 분이 아까부터 기다리고 있어요!

아.

대체 왜…. 아니지, 내가 먼저 돗찌아 한 잔 마시자고 그랬잖아.

그렇게 먼저 말한 게 나였잖아.

아이고, 이런.

붕 뜬 마음으로 스케치를 마무리 하는 둥 마는 둥 하고 언덕길을 한걸음에 뛰어올라 갔을 때, 그녀는 나무로 된 야외 테이블에 혼자 앉아 있었다. 까만 우산과 천으로 된 배낭을 무릎 위에 올려놓은 채였다. 여전히 무표정하긴 했지만, 커다란 눈에 서렸던 혼란스러움과 원망이 반가움으로 바뀌는 것 정도는 눈치 없는 나도 알아챌 수 있었다.

—— 아까 마을 사람들이 모두 내려가는데 혼자 안 가고 앉아 있더라고요. 아버지가 왜 안 내려가냐고 물으니까, 다리가 아파서 좀 더 쉬다가 간다고 하는 거예요. 그러면서 저한테는 PD님 언제 오냐고 계속 묻지 뭐예요….

꺼멀이 나에게 나지막이 속삭였다.

두 잔의 둣찌아를 사이에 두고, 우리는 마주앉았다. 서로의 얼굴을 응시하기보다 말없이 고개를 돌려 호수에 살랑이는 물결을 바라보는 시간이 훨씬 길었다. 간간이 이어진 대화로 알게 된 것은, 어제까지 일했던 촐랑파티의 롯지는 언니가 운영하는 곳이었고, 자신은 카트만두에서 대학을 다니다가 지금은 집에 쉬러 와 있으며, 그래서 영어를 어느 정도 한다는 사실이었다. 처음으로 찻잔을 사이에 두고 앉은 많은 남녀들처럼, 우리의 대화는 어색한 웃음기를 띠고 진행되다가 무시로 툭툭 끊기기를 반복했다. 살짝 당황스러울 정도의 침묵이 몇 번 지나갔을 때, 그녀가 무심코 내뱉는다는 투로 말했다. 시선은 호숫가에 그대로 둔 채.

──── 그런데… 오늘 저녁에 우리 집에 와주지 않을래요?

아…?
음….

──── 어… 어딘데요?

아, 한심해. 어디냐고 묻고 있어.
고작 대답한다는 게 '어딘데요?'라니.
아니 그럼, 어딘지도 모르고 무작정 따라가? 촬영 다 마쳤어? 내일이면 4,600m 높이의 고개를 넘어가야 하는 거, 잊었어? 그러고도 나흘

비가 오지 않으면 좋겠어

을 더 걸어야 해. 미친 거 아니야? 대체 너란 인간은….

───── 샤브르베시예요.

아… 샤브르베시…. 이틀 전에 묵었던 곳.
여기에서 3,000m를 내려가야 있는 곳.
내려갔다가 올라오려면 나흘은 족히 걸릴 곳.

───── 미안해요. 난 아직도 해야 할 일이 많이 남았고, 내일이면 라우
레비나약 고개를 넘어가야 해요. 나도 당신 집에 무척 가보고 싶지만,
도저히 안 되겠네요.

그녀는 실망감이 짙게 배어 나오는 얼굴을 감추려는 듯, 시선을 테이
블 위로 떨궜다. 이번 침묵은 안개처럼 차갑고, 무거웠다. 습기를 품은
바람은 호수 표면에 복잡한 무늬를 만들어냈다. 내 가슴 속에서도 무
엇인지 정확하게 알 수 없는 감정의 파도가 일렁였다.
촬영으로 온 것이 아니었다면. 하필 오늘이 아니었다면. 그곳이 반대
방향이 아니었다면. 내가 수직으로 3,000m쯤 한달음에 주파할 수 있
는 인간이었다면. 혹은 내가 내일 일정쯤 멋대로 바꾸어도 될 정도로
삶에 여백이 많은 사람이었더라면.
무수히 많은 가정들이 호수의 표면의 무늬처럼 떠올랐다 사라졌다. 문
득, 이 기억을 가진 채 시작될 내일이 싫어졌다.

애써 담담한 표정을 지으며 일어나는 그녀에게, 나는 다급하게 말을
건넸다.

── 저….
── 네?
── 이름이… 뭐죠?
── …카르상. 카르상 셰르파예요.
── 아…, 내 이름은 제이예요. 만나서 반가웠어요.
── 네, 만나서 반가웠어요. 그럼 조심히 가세요.
── 카르상도 조심히 내려가요.

언덕 위에 서서 나는, 내려가는 카르상의 뒷모습이 더는 보이지 않을
때까지 바라보았다. 아직 촬영하지 못한, 호수 건너편에서 바라본 앵
글 몇 개가 머릿속을 비집고 들어오려 하는 것을 고개를 흔들어 내쫓
았다.
아침에 내리쬐던 햇살은 다 거짓말이었던 것처럼 비구름이 몰려들기
시작했다.
너무나 피곤했다.

　　렛삼 피리리, 렛삼 피리리 │비단이 팔랑, 비단이 팔랑│
　　우데라 자운키 단다마 반쟝 │날아가볼까, 산마루에 앉을까│
　　렛삼 피리리 │비단이 바람에 팔랑이네│

띰로 함로 마야삘떠 ｜당신과 나의 사랑은｜

도바토마 꾸리 ｜갈림길에서 기다리고 있어요｜

요마마 쟈스또 또마마 ｜당신 마음이 내 마음과 같다면｜

바예 따가테이 가다챠 ｜우리는 함께일 수 있어요｜

어디선가 노랫소리가 들려왔다.

빗방울이 툭,
떨어졌다.

---

* **고사인쿤드**｜Gosainkund｜ 해발 4,400m 높이에 위치한 호수로, 네팔의 힌두교도들에 겐 인도의 갠지즈 강에 버금가는 성지다. 태초에 신들과 악마들은 우유의 바다를 휘 저어 불로불사의 영약을 얻기로 했다. 그들은 산을 막대기 삼고 거대한 뱀을 밧줄 삼아 천 년 동안이나 바다를 휘저었다. 뱀은 고통에 휩싸였고, 세계를 멸망시킬 수 있는 독을 뿜어냈다. 이 독을 처리한 것은 파괴의 신, 시바였다. 독을 그대로 마셨다 간 자신도 죽여버릴까 염려한 그는 독을 목 안에 가두었다. 목이 타는 듯 그는 단박 에 바다에서 히말라야까지 날아와, 고사인쿤드 호수 쪽을 향해 자신이 늘 가지고 다 니는 삼지창을 던졌다. 창이 명중한 곳에서부터 맑은 물이 흘러나왔고, 이 물을 마 신 시바는 고통을 덜 수 있었다.
지금 이 글을 쓰고 있는 나와 읽고 있는 당신, 그 외에도 이 세상의 모든 것이 존재 할 수 있는 이유는 사실 이때 뱀의 독을 모두 마셔버린 시바와 독의 고통을 경감시 켜준 고사인쿤드 호수 덕분이다.

* **둣찌아** 서남아시아에서 많이 마시는 차｜茶｜는 나라에 따라 다양한 이름으로 불린 다. 짜이, 샤이, 찌아 등이 그것이다. 네팔에서는 우유를 넣은 밀크티를 둣찌아라고 부르는데, 물소의 젖을 끓이다가 찻잎을 넣고 후추와 설탕으로 맛을 낸다. 체온이 떨어지는 아침 무렵의 둣찌아 한 잔은 네팔의 산간지역에서 맛볼 수 있는 최고의 즐 거움 중 하나다.

Ritual

출국 전날,

밤을 샌다.

진작에 준비했으면 좋았을 것들을 아쉬워하며

안 챙긴 것이 분명한데 떠오르지 않는 것들에 대한

찜찜함을 곱씹다 보면

시곗바늘은 어느덧 자정에 가까워지고,

트렁크에서 덜어내야 할 안락함에 대해 고민하다 보면

새벽이 깊어진다.

어차피 비행기에서 잘 거니까, 라는 생각에 손은 오히려 더뎌지고,

떠나는 것이 하나도 설레지 않게 될 때쯤

동이 터온다.

생소한 중력가속도에 몸이 좌석 등받이 안으로 꺼져들면,

여정은 비로소 현실이 된다.

안전벨트 표시등이 꺼질 때쯤 코냑을 한 잔 시킨다.

착륙할 때까지 아무것도 할 일이 없음에 안도하며,

아는 사람 없는 곳에 떨궈져

대비할 수 없는 불가항력 속으로 걸어 들어가는 두려움을,

이코노미석에서 가장 비싼 술을 축내는 기쁨으로 잊는다.

도착한 곳의 공항에서 휴대폰을 켜고
대한민국 외교부가 제공하는 친절한 안내 문자를 받는다.
테러 가능성 있음. 다중밀집장소 방문 자제.
뎅기열 주의. 위급 시 영사콜센터 번호. 통역서비스 제공.
귀찮게 여긴 뭐 하러 왔니, 경찰서 가게 되면 통역은 해줄 테니
사고치지 말고 조용히 잘 있다 가거라.
휴대폰 심카드를 바꿔 끼운다.

낯선 도시에서의 하루가 끝나면,
그곳에서 나고 자라기라도 한 것처럼
모퉁이의 낡은 술집에 앉아 처음 보는 상표의 맥주를 들이켠다.
나타나지 않는 귀인에 대한 갈망과
풀리지 않는 실타래는 잠시 발치에 내려놓고,
주말에 있을 동네 축구팀의 결승 경기에 대해 이야기라도 하는 것처럼
왁자지껄 떠드느라 칼칼해진 목청을 차가운 맥주로 식힌다.

몸살 기운이 있고 몸이 축 처지는 날이면,
세상 어느 동네든 반드시 있기 마련인
'○○飯店'을 찾아간다.
차오판|炒飯|, 산라탕|酸辣湯|, 차오칭차이|炒青菜|, Hot & Sour Pork.
한 끗 차이로 고향 음식을 모사하는
훈훈하고 얼큰한 탕과 밥과 고기를 오래 씹어 삼키며,

비가 오지 않으면 좋겠어

익숙하지 않은 것들의 한복판으로
다시 걸어나갈 힘을 비축한다.

비가 내려 숙소를 나서는 것이 의미 없는 날이면,
창가에 앉아 두고 온 고양이들의 사진을 들여다본다.
까칠한 혓바닥으로 몸을 핥으며
나와 마찬가지로 무료함과 외로움을 달래고 있을 녀석들을 생각하며
보송한 털 사이로 손가락을 넣는 느낌을 떠올려본다.
한없이 따뜻해서 두둥실 떠오르게 만드는 녀석들의 체온을 상기하며
축축한 마음을 그루밍한다.

해야 하는 일의 체크리스트가 채워지고
한숨 돌릴 시간이 생기면,
볕 잘 드는 노천카페에 앉아
계획을 정리하는 척 사람 구경을 한다.
처음 출근한 애송이, 사귀기로 한 지 3일 된 커플,
어제부터 연금을 받기 시작해 어딘가 기분이 좋으면서도 우울한 노인.
눈앞을 지나가는 사람들의 사연을 제멋대로 상상하며
그 안에 나를 슬쩍 밀어 넣는다.
이곳에 살고 있는 또 하나의 '나'를
여기저기 기웃거리게 만들어본다.

돌아갈 날이 가까워지면,

거리며 상점이며 식당에서 B.G.M.으로 깔렸던

멜로디를 찾아 음반 가게에 들른다.

이국의 기억이 담긴 은색 접시들 중에서

고향으로 들고 갈 것을 골라낸다.

언제든 원할 때 이곳으로 돌아올 수 있도록,

소리에 실린 냄새와 빛과 맛과 감촉이 되살아날 수 있도록,

귀에 익숙해진 노랫가락을

집요하게 찾아낸다.

집으로 향하기 전날,

폭음을 한다.

집 떠난 몇 주 동안 겪어야 했던

서러움과 결핍을 씻어버리기 위해,

한편으로 더 이상 나그네일 수 없는,

두목과 신하와 사자와 뱀이 우글거리는

본디 살던 소굴로 돌아가야 한다는 공포를 잊기 위해

닥치는 대로 술을 마신다.

가장 캄캄한 밤,

이제 더는 함께하지 않는 그 사람을 생각하며

돌아가도 더는 없는 체취를 떠올리며

비가 오지 않으면 좋겠어

홀짝홀짝

술잔을 기울인다.

낯선 도시에서의 하루가 끝나가는 시간.
모퉁이의 낡은 술집을 하나 물색해야 하는 시간.

캄캄한 밤.

술 없이는 버티기 힘든 밤.

두려움

해발 3,900m.

잠이 깼다.

어두움을 더듬어 시계를 찾는다. 밤 열한 시 반.

침낭의 지퍼를 올린 지 두 시간도 채 지나지 않은 시각.

오늘 잠도 망했다.

차라리 저릿한 방광이라도 비우고 오는 것이

남아 있는 긴 밤을 덜 괴롭게 버티는 선택이다.

헤드랜턴을 머리에 끼우고, 자고 있는 포터들을 지나쳐

무거운 롯지 문을 연다.

눈앞의 풍경 때문에 잠시 혼란에 빠진다.

어둠과 구름에 가려져 있어야 할 세상이

낮보다 더 카랑카랑한 빛을 반사하며 펼쳐져 있다.

차갑게 타오르는 보름 달빛 아래,

먼 발치로 물러간 구름을 밟고

새하얀 랑탕 히말 | Langtang Himal | 이 잘 벼린 칼날처럼 솟아 있다.

롯지 뒤편으로 시선을 돌리자,

심장이 미칠 듯 요동치기 시작한다.

비가 오지 않으면 좋겠어

그곳에는 바이랍*의 흰 이빨 같은 고사인쿤드 레인지가
몸을 잔뜩 웅크린 채 숨 쉬고 있다.
선잠 자는 코끼리처럼
가만히 엎드려 들숨과 날숨을 거듭하고 있다.

보아서는 안 될 존재의 쉬는 모습을 엿본 탓인가.
나는 끝 모를 두려움에 휩싸인다.
더 있다가는 실눈 뜨는 거인과
눈이 마주쳐버릴 것 같은 기분이 든다.

무엇이 두려운가.
무엇 때문에 두려운가.
무엇이 두려움인가.

푸르스름한 산 그림자 앞에서
나는 영문 모르는 벌거벗은 원시인이 되어
종교가 태어나던 그날로 돌아간다.

히말이 잠을 깨기 전에,
실눈이라도 힐끗 뜨기 전에,
도망가야겠다, 침낭 속으로.

놀란 가슴을 부여잡고
새벽까지 웅크리고 있어야겠다.

무엇이나 되는 줄 알고 으스대던
그간의 일들을 참회하며,
숨소리도 들리지 않게 옹송그려 있어야겠다.

---

* **바이랍**|Bhairav| 힌두교에서 파괴의 신인 시바가 강림할 때 택하는 모습 중의 하나.
  그의 난폭하고 파괴적인 성향이 구체화된 모습이어서, 무섭고 기괴한 형상을 하고
  있다.

비가 오지 않으면 좋겠어

당연함에 대하여

와오라니 족의 정장 착용법

어떤 곳이 오지 |娛地| 일까.

내 생각으론, 전기가 들어오지 않는 곳이다.

전기가 들어온다는 것은 길이 닦였다는 이야기다. 자동차가 왕래할 수 있는 길이 뚫리고 나서야 전신주를 세울 수 있다. 신작로는 외부의 물건이 들어오는 통로가 된다. 대한민국의 한 아파트 분리수거함에서 모험을 시작한 헌옷들 중 팔자 사나운 녀석들이 여기까지 흘러온다. 충청도 어디쯤의 농협에서 체육대회 때 나눠준 추리닝이, 구슬과 동전을 꿰어 만든 전통의상의 자리를 빼앗는다.

전기를 쓸 수 있게 되면서, 사람들은 밤에도 잠을 자지 않는다. TV가 시간의 빈틈을 채운다. 대형 접시안테나를 타고 지구 반대편 사람들의 모습이 아마존 정글까지 전해진다. 정글 밖 사람들이 먹는 음식, 타는 차, 입는 옷, 그리고 손에 들고 있는 휴대폰이 자신의 존재를 알린다. 그런 것 없이도 충분히 만족스럽게 살았던 사람들에게 부러움의 씨앗을 뿌린다. 그래서 요즈음엔 진짜 오지를 찾는다는 것이 하늘의 별따기다. 고유한 가치관과 삶의 방식이 완벽하게 보존되어 있는 곳들은 지금 이 순간에도 사라져간다.

에콰도르와 브라질의 국경지대에 펼쳐진 야수니 정글은 지구상에서 퇴각을 거듭해온 오지가 마지막 방어선을 구축한 곳이다. 빽빽이 펼쳐진 열대우림을 방패 삼아, 와오라니 |Uuaorani| 족이 자신들의 방식대로 살아간다. 아버지에게서 아들에게로 전해진 정글의 비전 |秘傳| 에 따라, 이들은 극소량으로도 몸을 마비시키는 독을 만든다. 그리고 이 독

을 바른 화살을 들고 사냥에 나선다. 짖는원숭이와 큰부리새, 그리고 남미의 멧돼지라고 할 수 있는 페커리가 이들의 주식이다. 페커리는 거칠고 사나워 독화살만으로는 안 된다. 창으로 찔러 숨통을 끊어야 한다. 사냥에 나서는 이들을 따라가보려 했지만, 이런 말을 듣고 물러서야 했다.

—— 페커리 잡으려면, 페커리보다 빨리 뛰어야 해요.

그날 저녁, 한 무리의 사내들이 페커리를 어깨에 메고 왔다. 피에 취해 흰자위가 보이지 않는 눈초리, 온통 땀으로 번들거리는 나신, 그리고 수만 년 동안 똑같았을 순수한 기쁨의 미소.

와오라니 족의 수도라고 해도 좋을 바메노 마을은 원시 속으로 현대문명이 진출한 전진기지 같은 곳이다. 외부로 통하는 길이라고는 한 줄기 강뿐이지만, 에콰도르 정부는 디젤 발전기를 분해해 보트에 실어 이곳에 보냈다. 텔레비전 한 대 없는 곳에서 밤만 되면 발전기가 돌아가고 가로등이 켜진다. 그러거나 말거나, 와오라니들은 원래 하던 대로 저녁 일곱 시만 되면 자신의 움막으로 돌아가 하나둘씩 잠자리에 든다. 가로등 불빛은 이들 중 누구에게도 별 도움이 안 되는 문명을 전파하며 홀로 밤을 새운다.

옷은, 가로등보다는 형편이 낫다. 사람들의 삶 속에 좀 더 들어와 있다. 남성들의 경우 입고 싶으면 입고 벗고 싶으면 벗고 완전히 제멋대

비가 오지 않으면 좋겠어

로지만, 젊은 여성들은 대부분 뭐든 하나 걸치고 있다. 하지만 그들 역시 강물에 뛰어들 땐 스스럼없이 맨몸이 된다. 옷을 걸치는 이유가 실제적인 필요성 때문이라고 보긴 힘들다. 이들은 먼 옛날, 얼어붙은 바다를 건너 습하고 더운 정글에 정착한 이래 옷 없이 살아왔다. 정글에서는 옷이 오히려 불편한 경우가 많다. 하루에도 서너 번씩 쏟아지는 비 때문이다. 옷은 젖으면 거추장스럽다. 행동하기 불편해지고 몸에 한기가 든다. 그때마다 처마 밑에 들어가 곁불을 쬘 것이 아니라면, 차라리 벗고 있는 것이 더 편하다. 비가 그치고 조금만 기다리면, 맨몸은 다시 보송해진다. 같은 이유로, 이들은 정글 속에 사냥하러 들어갈 때 옷은 물론이고 고무장화까지 벗어놓고 들어간다. 질퍽이는 늪지대에서 전속력으로 달리는 페커리를 따라잡으려면, 맨발이어야만 한다.

옷을 입는 이유는, 외부에서 찾아오는 사람들 때문이다. 그들은 옷가지를 들이밀며 입기를 강권한다. 이것을 입는 것이 더 '나은' 일이며, 옷을 벗은 채로 지내는 것은 '부끄러운' 일이라는 관념을 주입한다. 이브로 하여금 선악과를 먹게 한 뱀처럼, 외부인은 나체에 대한 수치심을 퍼뜨린다. 최초의 시도가 시작된 지 200년이 넘은 지금, 일관된 옷입기 캠페인은 일정 부분 효과를 발휘하고 있다. 나체가 부끄러워진 것이 아니라, 나체에 대한 외부인의 비난이 귀찮아진 것이다. 이제 젊은 세대는 웬만하면 반바지 하나는 걸치려고 든다. 여성들은 가끔씩 브래지어를 하기도 한다. 풀집 움막의 벽은 외부인이 가져다준 패션잡지의 화보로 도배된다. '잘사는' 사람들은 저런 옷을 입는다는 사실이 와오라니들 사이에서 상식이 되어가는 중이다.

정작 이들이 부끄러워하는 것은 따로 있다. '잘못된 방식으로' 나체가 되는 것이다. 우리 눈에는 같은 나체라고 하더라도, 이들에겐 의관이 정제된 상태와 그렇지 않은 것의 구분이 있다. 과거의 사냥 모습을 재연하는 촬영을 하기로 한 날이었다. 출연을 허락한 와오라니 네 명 중 셋은 평생 옷이라고는 입어본 적이 없는 나체파여서 당연히 태초의 모습으로 나타났는데, 한 명은 반바지를 걸치고 있었다. 영상의 통일성을 위해, 어쩔 수 없이 반바지를 벗어줄 것을 부탁해야 했다. 그런데 그가 생각 외로 당황하는 눈치였다.

> —— 음… 저… 내가 옷을 벗는 것은 전혀 문제가 안 되는데…
> —— 그런데요?
> —— 하필 지금 '꼬메│Kome│'가 없어. 빨리 집에 가서 '꼬메'를 가져올게.

그는 페커리를 사냥할 때의 빠르기로 사라졌다가 나타났다.

> —— 이제 문제없어. 자, 가자.

돌아온 그는 알몸이었다. 하지만, 허리에 뭔가를 두르고 있었다. 가느다란 끈이었다. 자세히 보니, 나체인 남성들은 모두 허리에 이 끈을 두른 채였다. 꼬맹이들을 빼놓으면, 성인 남성이 이 끈 없이 맨몸으로 있

는 일은 없는 듯했다. 이 끈의 이름이 꼬메였다. 꼬메를 착용하는 데에도 방법이 있다. 허리띠를 매듯 몸에 한 바퀴 둘러 묶은 뒤, 성기를 배꼽 쪽으로 잡아당겨 그 끈 아래에 위치시킨다. 성기가 음낭의 품을 벗어나, 하늘을 보는 모습으로 고정되는 것이다. 우리 입장에서 보면 그게 그거, 아니 어쩌면 더 수치스러울 수도 있는 모습이다. 하지만 이들에게는 이 모습이야말로 '의관을 정제한' 상태인 것이다.

지금 와서 와오라니들 중 누구에게 물어봐도 꼬메를 차는 정확한 이유를 알지 못할 것이다. 물어보면 돌아올 대답은 뻔하다. "원래 그렇다." "조상들 때부터 이렇게 해왔다." "아버지에게서 배웠다." 당연한 것들은 대체로, 그냥 당연해서 당연하다. 그 이유를 생각하려 시간을 쓰는 사람은 많지 않다. 하지만 어디선가 뻗기 시작했을 길처럼, 흐르기 시작했을 개울처럼, 모든 것에는 출발점이 있다. 아마도 그 당시엔 당연함에 대한 명확한 이유가 있었을지도 모른다. 하지만 시간이 지남에 따라 이유는 망각되고, 형식만 살아남는다. 오래 지속되었다는 이유 하나로 아무도 이의를 제기하려 하지 않는다. 그렇게 해서 당연한 것은 화석이 되고, 때로 화석으로 쌓은 바리케이드가 된다. 더 이상 생각을 전개할 수 없도록 만드는 장애물이 된다.

생각해보면, 당연한 것이 당연해야 할 이유는 어디에도 없다. 내가 스스로 공부해서 모든 의심을 해소하고 수긍하지 않는 이상, 그 어떤 것도 나에게 당연해질 수 없다. 목에 고리를 하나씩 끼워, 길게 늘일수록 아름답다고 여기는 것이 당연한가? 여자로 태어났다는 이유로, 머리카락을 천으로 감추고 다녀야만 하는 것이 당연한가? 태어난 연도가 빠르고 느리다고 해서, 나중에 태어난 사람이 덜 공경받는 것이 당연한가? 학교를 20년간 다녀서, 20대에는 취업을 하고 30대에는 결혼을 하며 40대에는 학부모가 되는 것이 당연한가?

합리적인 의심과 성찰 끝에 어떤 것이 나에게 당연해졌다고 하더라도, 그건 나에게만 국한된 문제다. 다른 사람에게까지 그것이 당연해지는 것은 또 다른 얘기다. 나는 집을 나설 때, 옷을 걸치는 것이 편하다. 뙤약볕과 추위를 막아주고, 의도치 않은 성적 도발로 경찰에 체포되는 것을 방지해준다. 그렇다고 해서, 정글 속 와오라니들이 옷 입는 것을 당연하게 받아들여야 할 이유가 있는가? 내가 다른 남자의 성기를, 그것도 하늘을 향한 성기를 보는 것이 불편하다고 해서 그들이 팬티를 입어야 할 이유가 있는가?

정 불편하면, 내 나름의 해석을 만들어 나에게도 당연한 것으로 만들어버리면 그만이다. 내가 와오라니의 꼬메에 대해 내린 결론은 이랬다. 몇백, 아니 몇천 년 전쯤, 와오라니 남자들 중 아름다움에 대해 남다른 감각을 가진 한 사람이 있었을 것이다. 그는 남자가 최고로 아름다운 순간은 바로, 생식을 위한 준비를 마친 때라고 여겼을지 모른다. 그래서 그는 그 아름다움을 연장하기 위해, 평상시에도 자신의 성기가 '유사시'의 모습을 지닐 수 있도록 연출했을지도 모른다. 그래서 그는 꼬메를 이용하기 시작했고, 이와 같은 풍습은 다른 와오라니 남자들에게도 널리 퍼져 지금에 이르렀을지도 모른다. 끝. 이 가설의 진위 여부는 그곳에 머물러 연구를 지속할 시간이 주어지지 않았기에 가릴 수 없었다. 하지만 나름대로 꽤 진실에 근접한 해석이라는 자신감이 있다. 무엇보다 나 자신이 납득할 수 있는 이유를 만들어놓고 나니, 그들의 모습이 조금 더 '당연하게' 느껴지기 시작했다.

오지란 그런 것이다. 나에게 한없이 당연하던 것들이 모두 쓸모없어지고, 전혀 당연하지 않은 것들을 일상처럼 받아들여야 하는 공간. 그래서 오지는 불편하다. 그리고, 그래서 오지는 하루하루가 빅뱅이다. 새로운 우주의 탄생이다.

다시 바메노로 돌아간다면, 꼬메를 찬 그들의 모습이 좀 더 아름다워 보일지도 모르겠다. 나도 스스럼없이 꼬메를 차고 뛰어다닐 수 있을는지도 모르겠다.

비가 오지 않으면 좋겠어

스와룹, 혹은 Self-image

*Nijgadh*의 라쇼몽

네팔 카트만두에서 남쪽으로 100km 정도 떨어진 니즈갓|Nijgadh|은 가난하다는 것 빼곤 특별히 얘기할 만한 것이 없는 동네다. 히말라야가 가까이에 있는 은총을 입은 것도 아니고, 수도 카트만두의 경제권에 속하는 것도 아니다. 야생동물이 사는 치트완국립공원은 반대 방향으로 가야 한다. 아마 당신은 평생 니즈갓에 갈 일이 없을 것이다.

스와룹* 라마는 니즈갓 출신이다. 나는 카트만두에서 그를 처음 만났다. 그는 상점의 호객꾼이었다. 하루에도 열두 번씩 만나는 것이 호객꾼이지만, 그가 말을 걸었을 땐 돌아볼 수밖에 없었다. 한국어가 너무나 완벽했기 때문이다. 그는 한국에서 6년을 살았다고 했다. 두고 온 한국인 아내와 딸이 있다고 했다. 나에게 다시 만나도록 도와줄 수 있냐고 물었다. 나는 다큐멘터리 소재가 필요했다. 자연스럽게 나는 그에게 호기심을 느꼈다.

일주일 후, 스와룹을 만나러 니즈갓으로 갔다. 그는 나에게 부인과 딸 사진을 보여주었다. 축구장에서 우연히 아내를 만나 사랑에 빠졌고, 동료들의 축복 속에 결혼했다고 했다. 하지만 원치 않는 시비에 휘말려 쫓기듯 한국을 떠났다고 했다. 사진 속의 인물들은 그를 바라보며 웃고 있었다. 반짝거리던 한 순간이 종이 위에 머물러 있었다.

─── 지금도 또래 아이들을 보면 딸 생각이 나요. 우리 딸은 네팔 애들보다도, 한국 애들보다도 더 예쁘죠. 한국 아줌마들이 우리 딸 보고

질투를 많이 했어요. 눈도 크고 웃는 것도 훨씬 예쁘니까.

행복했던 그때를 회상할 수 있는 물건은 많이 남아 있지 않다.

　　── 사진을 더 많이 가져오지 못한 게 아쉬워요. 가방 하나에 반바지
　　하나, 속옷 두 개, 반팔 하나 챙겨서 떠나야 했어요.

스와룹이 늘 수심에 잠겨 있는 것은 아니다. 그는 살짝 불량한 기운이
흐르는, 쾌활한 사내다. 대체로 그런 사내는 매력적이다. 낡은 극장 앞
에서 만난 니즈갓의 청년들 사이에서도 그는 인기가 좋았다.

　　── 스와룹 다이│दाइ. 형님│는 어릴 때부터 마을에서 유명했죠. 머리
　　도 좋고, 싸움도 잘해서요.

니즈갓의 청년들에게, 한국은 기회의 땅이다. 그곳에 가서 결혼생활까
지 하다 온 스와룹은 전설이었다. 하지만 눈을 돌려보면, 그런 전설은
드물지 않다.

　　── 제 친구 중엔 한국 갔다 와서 집을 새로 지은 녀석도 있어요. 예
　　전엔 친했는데, 지금은 서로 안 봐요. 그 친구는 잘나가는 사업가고,
　　저는 백수니까요.

한국에서 미처 돈도 챙기지 못하고 나온 탓에 빈털터리나 다름없지만, 바뀐 취향은 되돌리기 힘들다. 촌티가 줄줄 흐르는 다른 젊은이들에 비해 스와룹은 헤어스타일부터 달랐다. 그는 머리를 언제나 카트만두의 미용실에서 깎는다고 했다.

　　──　여기 이발소는 한국 돈 400원이면 돼요. 하지만 군인처럼 깎아놓거든요. 한국에 있을 때도 늘 미용실에 갔어요. 아가씨들이 한국 사람보다 더 잘생겼다고 잘 대해주곤 했죠.

지금의 생활이 진짜 삶이 아니라고 여기는데, 제대로 된 뿌리를 내릴 리가 만무하다. 울타리 너머에 무엇이 있는지 알아버린, 그리고 그곳에 자신의 일부분을 남겨놓고 온 그다. 부모님은 이제 그만 포기하고 네팔 여자와 결혼해 가정을 꾸리라고 성화지만, 스와룹은 한국으로 돌아갈 방법을 찾아 카트만두 시내를 서성일 뿐이다.

　　──　저는 딸이 없으면 못 살아요. 딸만 있으면 뭐든지 다 할 수 있어요. 사람을 죽일 수도 있어요. 딸을 위해서라면.

한국에서 가져온 사진을 어루만지는 손이, 외롭고 쓸쓸하다.

기억이 전부인 삶은 얼마나 헛헛한가. 주변을 둘러보아도 빛나는 것이라곤 없고, 머릿속에 저장된 과거의 순간들을 꺼내 보는 것이 유일한 위안인 삶은 얼마나 고단하고 힘에 겨운가.

의외의 장소에서 모국어를 유창하게 하는 사람을 만난 탓이라고 해도 좋았다. 그를 돕고 싶었다. 그토록 한국을 동경하고, 가족을 그리워하는 사람을 외면하는 것은 도리가 아니라고 느꼈다. 내가 그를 방송에 내보낸다면, 도움이 되는 여론을 만들어볼 수 있지 않을까? 설득력을 얻기 위해선, 그를 그리워하는 사람들의 이야기도 영상에 포함시켜야 했다. 한국에 돌아와, 그가 나에게 준 연락처를 토대로 스와룹의 가족을 수소문했다. 청주에 살고 있는 그의 장모와 연락이 닿았다. 어렵사리 만날 약속을 잡았다.

…

허탈했다.

스와룹에 대한 이야기는 내가 네팔에서 듣고 온 것과 너무 달랐다. 스와룹은 천성적인 바람둥이였다. 가출한 상태였던 아내를 유혹해 딸을 낳고 함께 살게 된 것까지는 그렇다 쳐도, 얼마 안 가 자주 가던 미용실 여자와 바람이 났다. 울며 매달리는 아내에게 술에 취한 채 손찌검을 하는 날이 이어졌다. 보다 못한 장모와 처형이 경찰을 불렀고, 스와룹은 강제 추방을 피해 한국을 떠났다.
그녀의 관점에서 본 스와룹은 멀쩡한 허우대와 타고난 언변으로 여자를 홀리는 악인이었다. 그녀와 딸의 삶에 찾아온 악몽 그 자체였다.

　　　　　　　　　　　　비가 오지 않으면 좋겠어

서울로 차를 몰고 돌아올 때 비가 내렸다. 침묵이 빗물을 타고 차창을 따라 흘렀다. 스와룹에게, 그리고 나 자신에게 화가 났다. 왜 사실대로 말하지 않았을까. 왜 덜컥 믿었을까. 왜 진실을 꿰뚫어보지 못했을까. 하지만 생각해보면, 그가 거짓말을 한 것은 아니었다. 자신의 기억 중에서 '덜' 중요한 것들을 말하지 않았거나, 자신의 입장에서 해석해 이야기했을 뿐이었다. 인간의 기억은 불완전하다. 가장 이익을 보는, 또는 가장 상처를 덜 받는 방향으로 조작되고 해체되고 재조합된다. 그런 과정을 거쳐 한 가지 사실에 대해 무수한 버전의 기억이 탄생한다.

구로사와 아키라 감독의 영화 〈라쇼몽 | 羅生門 | 〉은 솔직하지 못한 사람들에 대한 이야기다. 부부가 여행을 하던 중 남편이 살해당하고, 살아남은 부인과 도적과 나무꾼이 관아에 끌려온다. 이들은 남자의 죽음에 대해 서로 다른 이야기를 한다. 자기 기억이 맞다고 목소리를 높인다. 결국 주인공들의 진술은 진실을 드러내기는커녕 점점 더 미궁에 빠뜨리고 만다. 영화는 진범을 찾지 못하고 끝난다. 진범이 밝혀지지 않았기에 〈라쇼몽〉은 진짜 인간세상에 더 가까이 다가간 영화가 되었다. 웃기는 사실은, 제작사 대표가 이 영화에 대해 대체 뭔 소린지 모르겠다고 욕을 해댔다는 것이다. 그리고 이후 1951년, 영화가 베니스영화제에서 최고상을 수상하자 그 대표는 방송에 나와, 명작을 알아보고 제작을 밀어붙인 건 바로 자신이었다고 인터뷰를 했다.

스와룹이나 영화사의 대표는 고통을 피하고 싶었을 것이다. 라쇼몽의

비가 오지 않으면 좋겠어

등장인물들 또한 마찬가지다. 우리는 고통을 즐기도록 타고나지 않았다. 가급적이면 피하고, 미뤄두고, 회피할 수 있는 데까지 회피하는 것이 본성이다. 고통스러운 기억은 그런 면에서 작업하기 쉬운 재료다. 얼마든지 깎아 없애고 살을 붙여 원하는 모습대로 만들 수 있다. 하지만 그것은 진실과는 무관하다. 개작된 버전이 원본과 차이가 많이 날수록, 되돌리기란 힘들다. 한두 장면을 바로잡는다고 될 문제가 아니다.

결국, 스와룹은 니즈갓에 그대로 머물러 있는 편이 더 행복할 것이다. 그때의 기억 속에 잠겨 있는 것이 훨씬 더 평온할 것이다. 장모와 아내와 딸의 기억과 그의 것을 대조해 모두가 만족할 만한 버전을 만들어내기엔, 감당해야 할 고통이 너무나 크다. 그저 자신이 만들어낸 드라마 속에서, 자신이 등장하는 부분을 계속 돌려보는 것이 그가 행복을 연장하는 방법이다.

교묘하게 편집된 기억으로 내가 저질렀던 실수들을 감추고, 실제보다 더 나은 사람이라고 스스로를 설득하는 기술면에서, 우리는 모두 전문가들이다. 지금이라도 당신을 잘 알고 있는 친구와 당신의 첫사랑에 대해 이야기해보라. 기억의 디테일은 곳곳에서 충돌할 것이다. 특히나 당신이 찌질거리는 배역을 맡았던 대목에서, 행동의 의미와 정도에 대해 엄청나게 다른 해석들이 존재할 것이다.
공적인 영역의 문제가 아닌 이상, 그런 기억들을 모두 양지로 끌어내 탈탈 털고 빛을 쪼이고 원본과 대조해볼 필요는 없다. 적당히 마음에 드는 색을 칠해 나만 들여다볼 수 있는 창고에 보관해놓으면 그만이다. 하지만 그 기억에 대해 거리낌 없이 이야기하고 다니기 위해선, 등장인물들을 한 명씩 만나 스토리를 점검해보는 것이 먼저다. 남이 울었던 대목을 웃었던 것으로 착각하고 있진 않은지, 붉은 색을 칠해야 하는 부분에 핑크도 아닌 초록색을 칠해놓은 것은 아닌지 따져보아야 한다. 그렇게 해서 창피함과 시시함과 우스움과 행복함을 공평하게 나눠 가진 후에야, 그것은 모두의 '추억'이 된다. 맥락의 고갯길 어딘가에 웅크리고 있었을 당신의 진짜 모습도 고개를 쳐든다.

그 고통을 감내할 용기가 없다면, 지나간 일 따위 술자리에서 주절거리지 말 일이다. 아름다운 옛사랑 따위, 자신만의 기억으로 간직할 일이다. 어디 가서 추억이랍시고 입도 벙긋하지 말 일이다. 지금 이 순간이 어떻게 기억될지에 대해서나 미리 미리 걱정할 일이다. 아무에게도 아무런 이야기도 하지 말고, 혼자 늙어갈 일이다.

---

* **스와룹** 스와룹이라는 이름은 가명이다. 아직도 한국에 가족이 있는 상태에서 본명이 노출되면 바람직하지 않은 일이 생길 수 있을 듯하여 가명을 썼다. 네팔어로 스와룹이라는 이름은 'Self-image'라는 뜻이다.

비가 오지 않으면 좋겠어

I'm Back

처음 봤을 땐,

다 때려주고 싶었다.

너무나 부러워서.

얼마 전까지 비엔티엔으로, 방비엥으로, 사반나켓으로

굴러다녔을 트럭의 타이어에서 빼낸 까만 튜브에

빵빵하게 바람을 넣고 올라앉아

유유자적 강물에 떠 있는 모습이라니.

거기다가 손에 맥주라도 한 병 들고 있는 녀석이 눈에 들어올 땐 정말,

일이고 뭐고 집어치우고 달려가서

바로 옆에 튜브를 띄우고 그 맥주를 빼앗아 마시고 싶었다.

지름 208mm의 대형 냉각팬 두 개가 묵직한 열기를 뿜어내는
편집용 컴퓨터 앞에 앉아
메콩 강가에서 찍은 한량들의 모습을 이어 붙이면서,
나는 그 녀석들을 한 대씩 때려주지도 못했다는 사실에 분노했다.
느릿느릿 물살 위에서 시간을 마시는 그들의 모습을
그저 화면을 통해서만 보아야 한다는 사실에 절망했다.

2년 후, 같은 곳.
강가에서 나는 그놈의 까만 튜브를 옆에 끼고 서 있었다.
주문처럼 되뇌었던 대로, 나는 돌아왔다. 오로지 놀기 위해.
촬영이고 일이고 생계고 돈이고 나발이고 미뤄두고
그놈의 튜빙이라는 거,
튜브 타고 맥주 마시는 거, 나도 해보고 싶어서
존 코너를 찾는 터미네이터처럼 돌아오고 말았다.

호기롭게 튜브를 물에 띄우고, 마개를 딴 맥주 한 병을 손에 들고,
과녁을 맞히듯 엉덩이를 가운데에 끼운다.
어정쩡한 프로포션의 보트 한 척이 만들어진다.
편안하긴 하지만, 튜브 안으로 생각보다 몸이 깊이 빠져서
동력을 전달하는 일이 쉽지 않다.
짧아진 팔과 다리를 노 삼아 열심히 움직여본다.

2년 간 머릿속에 담아두었던 그림이 나올 수 있는 위치까지
최대한 나가본다.

그래, 이쯤이었어.
내가 한없이 부럽게 쳐다봤던 그 녀석은
이쯤에서 맥주를 손에 들고 딱 이 자세로 튜브 위에 누워
세상에 중요한 일 따위는 아무것도 없다는 듯한 표정으로
유유자적 떠 있었지.
그 모습을, 그 이미지를, 나의 것으로 만들기 위해
나는 얼마나 많은 밤을 사무실에서 지새웠던가.
일과 무관하게 라오스의 깡촌을 찾아올 수 있는
시간과 돈을 만들기 위해
얼마나 열심히 살았던가.

그런데, 이놈의 튜빙이라는 게,
생각만큼 편안하지만은 않다.
멀리서 본 그림만큼 평화롭지만은 않다.
국경 안에 머물러 있기 위해선,
수면 아래로 열심히 발을 젓고 있는 백조처럼
튜브 때문에 길이가 한층 짧아진 팔과 다리를
부지런히 움직여야 한다.

비가 오지 않으면 좋겠어

강물은 흐른다. 상류에서 하류로.

메콩강은 티베트에서 발원해 라오스를 지나

캄보디아, 베트남을 거쳐 바다로 향한다.

내가 튜브 위에 유유자적 누워만 있으면,

언젠가 필리핀 앞바다에서 발견될 것이다.

손에 맥주병을 든 채, 미소를 짓고 있겠지.

엉덩이는 물에 퉁퉁 붓고

얼굴은 남국의 태양에 잘 건조된 미이라가 된 채.

그러기 싫으면,

강가로 돌아가든지 죽기 살기로 저어야 한다.

강물의 흐름을 거슬러 같은 자리에 머물러 있을 수 있도록.

젠장.

이것마저 천국은 아니었다니.

건조하기 짝이 없는 에어컨 바람 가득한 사무실에서

미지근한 커피나 마시면서

계속 꿈이나 꿀걸 그랬어.

이 정도로 덥지 않았어. 꿈속에서는.

그냥 계속 사무실에서 졸면서

꿈이나 꿀걸 그랬어.

Letter from 조연출

어느 오버하는 PD에 대한 소고

안녕. 내 이름은 C라고 해. 난 방송일을 시작해서 이제 2년째에 접어든 좆연… 아니 조연출이야. 미안해. 잠을 제대로 못 잤더니 말도 글도 헛나와. 지금 여기는 브라질이야. 시차와 계절이 한국이랑 정확히 반대지. 당연히 도착한 후 일주일 정도는 밤에 잠을 제대로 못 자. 여기 시차에 적응할 만하면 그땐 아마 돌아가는 비행기를 타야 할 거야. 그렇다고 한국에 돌아가면 제대로 잠을 잘 수 있느냐? 그것도 아니야. 그거 알아? 방송 프로덕션엔 반드시 간이침대나 침낭 따위가 있어. 밤샘 편집에 대비해 갖춰놓은 거지. 우리 회사? 우리 회사는 그런 시시한 건 안 키우고, 아예 평상이 하나 있어. 거기에다가 전기장판이랑 담요까지 다 구비해놓았지. 우리 부모님은 사실 고향에서 이불 장사를 하시거든. 그래서 아들네 회사 사람들이 쓸 이불이라고 폭신한 놈으로 특별히 골라주셨어. 그래서 그 이불에서 잠이 들 때면, 폭신하고 아늑해 집 생각이 나서 더 빡쳐.

아까도 얘기했지만, 여긴 지금 브라질이야. 그래. 그 브라질. 삼바걸과 축구의 나라. 우리나라 인구 중에서 브라질에 가본 사람의 비율이 1%나 될까? 다들 한 번 꿈꿔보지만, 이런저런 사정으로 결국 동남아시아나 중국 가는 걸로 퉁치고 끝이잖아. 그만큼 가보기 힘든 곳이라는 얘기지. 내가 브라질에 간다고 하니까, 주변 친구 녀석들이 다들 그러더라고.

───── 우와, 브라질! 이런 우라질!! 정말 부럽다! 우린 평생에 한 번

가볼까 말까 한 곳을 회사 돈으로 간다고? 너 정말 직업 끝내준다. 나도 어떻게 지금이라도 다니는 회사 때려치우고 너네 프로덕션에 들어갈 수 없을라나?

결론부터 얘기할게. 닥쳐. 회삿돈으로 어디 나들이라도 다녀오는 줄 아는 모양인데, 밖에 나가서 내가 당하는 일들을 제대로 듣고 나면 아마 그런 소리는 쑥 들어가고 지금 다니는 회사에 충성을 다하게 될 거야. 이건 정말 사람이 할 짓이 아니라고.

그래, 나도 당연히 힘들 걸 각오했지. 그렇지만 한편으로는 설레는 것도 사실이었어. 머리에 털 나고 처음 나가는 외국인 데다가, 해외 콘텐츠 전문을 내세우는 이 회사에 들어와서 드디어 맞이한 해외출장인 거 잖아. 게다가 연출을 맡은 담당 PD는 경력도 풍부하고 해외촬영 쪽으로는 꽤 알려진 사람이야. 탁PD라고, 인터넷에 쳐보면 대충 나와. 아, 드라마에 나온 공효진은 아니야. 남자라구. 여튼 이 선배는 연출하면서 촬영도 직접 하는 사람이라 어느 쪽으로든 많이 배울 수 있을 것 같았어. 한 번도 가보지 못한 곳을 돌아다니면서 앞으로 내 방송생활의 밑거름이 될 경험도 쌓고, 뭐 이정도면 꽤나 고생을 하게 된다고 하더라도 충분히 감내할 만한 가치가 있다고 생각했지.
그런데 한 가지가 이상했어. 여행 다큐멘터리 촬영이라고 들었는데 PD님이랑 나, 단 둘이 나간다는 거야. 연출이랑 촬영이야 PD님이 하신다고 쳐도, 그럼 출연자는? 알고 보니, 연출도 촬영도 출연도 모두

　　　　　　　　　　　　　　비가 오지 않으면 좋겠어

PD님이라는 거야. 이게 말이나 돼? 아니 그럼, 본인이 출연하는 장면은 셀카로 찍는다는 얘긴가? 아직 잘 찍지는 못하지만 PD님이 나오시는 그림만 나에게 맡긴다고 쳐도, 1인 3역을 한다는 게 과연 가당키나 한가? 하는 생각이 들더라고.

그런데 이게 끝이 아니었어. 30시간이 넘는 비행 끝에 당도한 상파울루에서 우리를 마중 나온 한국 아저씨는, 히우(브라질에선 '리우 데 자네이로' 라고 안 부르고 '히우 지 자네이루'라고 해)로 향하는 버스터미널까지만 안내해 주고 끝이더라고. 난 그 아저씨가 우리 코디｜통역을 겸하는 방송 가이드｜인 줄 알았는데, 아니었던 거야. 회사에서 돈을 아끼려고, 전화통화랑 메일로 기본 정보 몇 개만 그분에게 부탁하곤 나머진 우리가 다 알아서 하겠다고 했대. 아니, 탁PD가 영어를 하는 건 알고 있었는데, 그럼 포르투갈 말까지 할 줄 안다는 건가? 그때부터 대체 이번 촬영이 어떻게 되어갈 건지 겁이 덜컥 나더라고.

히우에 도착해서 주머니 사정 가벼운 여행자들이 주로 이용하는 호텔에 짐을 풀었어. 어떻게 된 게, 사람이 도통 말을 안 해. 이제부터 촬영할 게 뭔지, 내일은 당장 뭘 찍게 되는지, 누굴 만날 건지, 그걸 알아야 나도 장비를 준비하고 마음의 대비를 할 거 아니냐고. 그런데 그걸 물어볼 타이밍을 잡으려고 옆에서 힐끔힐끔 보면, 영 물어볼 만한 상태가 아니야. 어쩔 땐 얼이 빠진 듯 입을 반쯤 벌리고 허공을 쳐다보고 있기도 하고, 어쩔 땐 화가 치미는 듯 미간에 주름을 잡으면서 뭔가 중얼거리기도 해. 그러다가 갑자기 뭐가 생각난 듯이 수첩을 꺼내들고 마구 써내려가고. 그러다가 영어로 된 가이드 책자를 뚫어져라 쳐다보면서 오싹한 표정으로 웃는단 말야. 한번은 호텔방에서 참다못한 내가 물어봤어. 정말 주저하다가, 억지로, 억지로 용기를 내서 말이야.

　　—— 저….
　　—— 어?
　　—— 내일 촬영 일정이 어떻게 되는 건지….
　　—— 응?
　　—— 준비를 하려면 알아야 할 것 같아서… 요.

여기까지 이야기를 꺼내고 나서는 벌써 후회가 밀려왔어. 이 인간이 처음엔 지금 무슨 이야기를 하는지 모르겠다는 표정이다가, 이내 눈에 초점이 돌아오는가 싶더니 마구 분노가 치미나 봐.

　　—— 알고 싶어? 어? 그게 알고 싶냐고!
　　—— 네? 아… 네… 꼭 그런 건 아니고….
　　—— 알고 싶냐?（등짝 스매싱）나도 몰라!（등짝 스매싱）나도 모른다고!（등짝 스매싱）몰라, 이 새끼야!

응. 미친놈 맞아. 제대로 미친놈. 그런데 나중에 생각해보니 내가 안 좋은 타이밍을 골랐다는 생각도 들더라고. 이번 촬영이 사실은 취재비를 절감하려고 두 가지 프로그램을 한 번에 촬영하러 나온 거거든. 그래서 여기 사는 부부를 꼭 취재해야 할 일이 있는데, 섭외가 될 듯 될 듯하며 안 되고 있어.

그날도 원래 취재에 응하기로 한 부부가 펑크를 냈나 봐. 그러면 보통은 언제든 꼭 찍어야 할 것들을 촬영하면서 시간을 벌거든? 이를 테면 풍경 같은 거. 그러면서 또 열나게 여기저기 연락을 돌리는 거지. 그런데 그날은 비가 추적추적 왔어. 그래서 시내에서 밥만 먹곤 호텔방으로 들어왔던 차에 내가 물었던 거야. 지금이야 한숨 돌리고 나서 설명을 해줬으니까 내가 '그런 거였구나' 하고 이해를 하지. 그땐 그 사정을 어떻게 알 수 있었겠냐고. 내가 독심술을 하는 것도 아니고.

그런데 가끔 보면 이 사람이 진짜 접신을 한 게 아닌가 싶을 때가 있어. 정말 말도 안 되는 상황에서 누군가에게 가서 부탁을 하는 일이 척 들어맞곤 하거든? 오늘 일만 해도 그래. 우린 오늘 축구 경기 촬영이 있었어. 마라카낭이라는 경기장이었는데, 축구 좀 좋아하는 사람이라면 모를 수가 없는 곳이야. 1950년대 이후로 브라질 축구의 메카와도 같은 곳이니까. 지금도 이곳에는 펠레를 비롯해 호마리우, 호나우두 같은 유명 선수들의 풋프린트가 전시되어 있어.

그런데 어제까지는 어딜 가서 어떻게 찍어야 할지에 대해 정말 아무 계획이 없는 상태였거든? 근데 아침에 호텔 프론트 직원이랑 우리 PD가 잠깐 얘기를 하더니, 예쁜 아가씨를 하나 소개받는 거야. 투숙객 중에 마침 그 경기장에 경기를 보러 가는 사람이 있었대. 나야 영어를 못 하니까 모르지만, 택시 타고 가면서 우리 PD랑 이 언니랑 영어로 뭐라고 뭐라고 대화를 하더라고. 그러더니 이 언니가 우리를 언론사 등록하는 곳까지 데려다주는 거 아니겠어? 거기서 언론사용 목걸이와 출입증을 받았지.

그런데 그건 시작에 불과했어. 알고 보니 이날이 히우 리그의 결승전이 열리는 날이었지 뭐야. 아무 생각 없이 온 건데 정말 대박이 걸린 거야. 한국에서 이 그림을 보는 사람들은 우리가 몇 달 전부터 예약하고 온 줄 알겠지? 점심 때부터 분위기는 뜨거웠고, 저마다 응원하는 팀의 유니폼을 입은 사람들로 거리는 북새통을 이뤘어. 기마 경찰까지 출동해야 하는 상황이 된 거야. 섭외를 하고 오더라도 이런 모습을 촬영하는 건 쉬운 일이 아닐 텐데, 아무 생각도 없이 왔다가 정신 차려보니 엄청난 현장 한가운데서 카메라를 마구 돌리고 있게 된 거야.

드디어 경기가 시작됐어. 결승에 진출한 팀은 보타포구와 플루미넨시라는 팀이었는데, 플루미넨시가 살짝 더 잘한다고 하더라고. 탁PD는 나한테 본부석 쪽에 카메라를 한 대 설치하고 공만 따라다니라고 했어. 자기는 응원하는 사람들을 찍겠대. 근데 그래봤자 자기 혼자잖아. 경기장이 두 팀 응원단으로 명확히 갈린 상황에서, 그 둘 사이를 어떻게 오가겠다는 건지 이해가 잘 안 가더라고. 나야 뭐, PD가 시킨 일만 제대로 해내면 되는 거니까 정말 죽을 둥 살 둥 공을 따라 카메라를 돌렸지. 혹시라도 골 들어가는 상황을 놓치면 그땐 정말 내 앞에 지옥이 펼쳐질 거라는 건 굳이 설명해주는 사람이 없어도 완전 잘 알 수 있었거든. 나중에 탁PD가 찍어온 그림을 보니까, 정확히 전반전이랑 후반전을 나눠서 양 팀 응원단에 반씩 있었더라고. 전반엔 플루미넨시 응원단, 후반엔 보타포구 응원단.

결과가 어떻게 되었냐고?

일단 나는 골 들어가는 장면을 놓치지 않고 잡았어. 100분 넘게 눈이 빠져라 카메라를 돌린 끝에, 후반전 40분이 넘어서 골대로 공이 빨려 들어가는 모습을 찍는 데 성공했지. 훗, 이 정도면 우리 PD놈, 아니 PD님이 아무런 불만이 없겠지 싶더라고. 그리고 그 골을 넣은 팀은⋯ 예상했겠지만 보타포구였어. PD님의 카메라엔 보타포구 사람들이 긴장하는 모습부터 시작해서 미친 듯 광분하다가 눈물을 터뜨리기까지의 영상이 고스란히 담겨 있더라구. 아직 영상을 잘 모르는 내가 봐도 진짜 대단하드만. 그래놓고는 나한테 와서 처음 한 소리가 뭐였는지 알아?

———— 골, 찍었어? 놓쳤으면 넌 뒈졌어.

이거였어. 휴. 나는 가슴을 쓸어내릴 수밖에 없었지.
PD님은 이미 그 사람들이랑 친해진 모양이야. 경기 마치고는 흥에 겨워 북소리에 맞춰 춤추는 사람들을 찍다가, 종국에는 그 사람들이랑 같이 춤을 추지 뭐야. 너무 막춤이어서 살짝 창피했어.

지금 이곳은 아까 그 응원단 사람들의 뒤풀이 자리야. 30분 전까지만 해도 여기 사람들이랑 어울리는 탁PD의 모습을 내가 촬영하고 있었거든. 여기 응원 문화가 어떠니 하는 코멘트도 따고, 왁자지껄 술잔을 나누는 모습이며, 우리가 촬영한 결승골 장면을 이곳 사람들이 보면서 환호하는 모습도 찍고. 그런데 지금은 이만하면 다 찍었다는 생각인가 봐. 연거푸 카이피리냐인지 뭐시기인지 하는 술만 들이켜고 있어. 아무래도 오늘은 숙소에 이 자식을 떠메고 들어가야 할까 봐. 방금 전엔 완전 혀가 꼬부라져서는 이러는 거 아니겠어.

　　—— 야, 이 쉐이끼야, 왜, 뭐, 불만이야? 내, 가, 이런 식으루라두, 응? 스트레스, 좀 풀겠다는, 데, 응? 윽, 응?

아…
이 새끼.

진짜 술 좀 더 마시고 필름 끊기면 한 대 쥐어박을까.
며칠 있다가 이구아수 폭포 보러 간다는데,
그건 진짜 보고 싶은데,
그 전까지 집에 안 가고 저 새끼랑 버틸 수 있을까.

아 저 PD 새끼, 저거.

　　　　　　　　　　　　　비가 오지 않으면 좋겠어

배가 고프다. 고로 나는 존재한다

인도네시아 자바섬의 산골마을.

열대우림 사이로 뻗은 비포장도로를 달리던 자동차가 구멍가게 앞에 선다. 가이드인 아셉이 내려서 빵과 물, 플라스틱 병에 든 주스를 몇 개 사들고 온다. 덜컹거리는 차 안에서 그는 우리 일행에게 먹을 것을 권한다. 빵을 우물거리며 곁눈질하니, 현지인 운전사와 아셉이 고통스러운 표정을 지으면서도 손에 들고 있는 것을 입으로 가져가지 않는다. 시계를 보니 오후 다섯 시 반. 아, 맞다. 라마단이었지. 문득 미안함과 함께 경미한 짜증이 머릿속을 스친다. 일하러 온 사람들이 기운 없게 저리 음식을 참는 모습이라니.

내 생각과 다른 행동을 하는 사람들을 지켜봐야 한다는 것, 그리고 진짜 있는지 어떤지 제대로 알 수도 없는 존재에게 자신의 순종을 증명

하려 애쓰는 이들의 노력을 지켜보는 것은 불편하고 또 안쓰럽다. 그로부터 한 시간이 지나고 나서야, 아셉은 조그맣게 "비스밀라*"라고 중얼거리곤 떨리는 손으로 빵을 쪼개 운전사에게 건넨다. 편한 운동화를 놔두고 고무신만 고집하는 친척 할머니를 보는 것 같은 기분이 스멀스멀 가슴 한편을 채운다.

이슬람 달력으로 아홉 번째 달이 되면, 무슬림은 해가 떠 있는 동안 먹고 마시는 것이 금지된다. 이것은 모든 신자들의 의무다. 흡연과 음악 감상, 성관계도 하지 않는다. 즐거운 것이라면 일단 금지다. 한 달 동안 주변의 고통받는 사람들을 생각하며 신이 주신 시련을 이겨내라는 의미다. 그렇다고 해서 이슬람의 신이 사디스트인 것은 절대 아니다. 선지자는 알라의 깊은 뜻을 이렇게 설명한다.

> 하나님은 너희로 하여금 고충을 원치 않으시니,
> 그 일정을 채우고 너희로 하여금 편의를 원하시니라.
>
> _〈쿠란〉 2장 185절

그래서 율법에는 단식의 의무를 수행하지 않아도 되는 예가 깨알같이 적혀 있다. 하지만 사람들은 좀처럼 포기하려 하지 않는다. 밥을 굶는 것만으로도 천국에 가까워질 수 있다는데! 보험으로 치면 터무니없는 고배당 상품이다. 자기 자신을 수혜자로 하는 사망보험인데 보장내역이 자그마치 영원한 행복이다. 그래서 아이를 임신한 여성이나 아직

비가 오지 않으면 좋겠어

성장기에 있는 어린아이, 3일 이상 여행을 계속하고 있는 사람을 제외하고는 모두가 이 보험을 쉽게 깨려 하지 않는다. 다만 약관에 나와 있는 단 하나의 면책조항을 적극 활용할 뿐이다. '해가 떠 있는 동안'이 아니라면, 먹는 것도 마시는 것도 가능하다는.

한껏 뒤로 잡아당긴 화살일수록 더 멀리 날아가기 마련이다. 해가 지고 저녁 기도를 알리는 노랫소리가 울려 퍼지면 사람들은 본능에 찬 먹부림을 시작한다. 그래서 라마단의 또 다른 얼굴은 요식업의 최성수기다. 저녁 시간이 되면 식당들은 북새통을 이루고, 식재료와 요리 도구가 날개 돋친 듯 팔려 나간다.

아무리 해가 지고 나면 관에서 풀려난 뱀파이어 같은 기쁨을 만끽할 수 있다고 해도, 한 달 간 천국과 지옥이 매일같이 반복된다는 것은 번거롭기 그지없는 일이다. 게다가 신께서 천지를 일주일 만에 창조하신 것이 맞는지, 과일 하나 따먹은 죄로 인간 커플을 낙원에서 강제 퇴거시키신 것이 사실인지 도통 의심을 거두지 못하는 중생에게는 이 모든 것이 그저 쓸데없는 에너지 소모로 비치는 것이다. 특히나 이 기간 동안 이슬람권 국가에서 일을 해야 하는 입장이라면, 낮 시간 동안 한없이 굶떠지는 현지인들을 보며 복장이 터지기 십상이다. 한 달간 완전히 곡기를 끊는 것이면 모르되, 하루 중 두 끼를 금식하는 사람들의 외양은 그들이 겪는 고통을 완벽하게 반영하지 못한다. 그저 좀 어둡고, 우울하고, 행동이 느릴 뿐이다. 그래서 이방인에겐 비즈니스의 상대가 라마단에 동참하고 있다는 것이 은근한 짜증이 되기도 한다. 오후가 되면 눈에 띄게 표정이 어두워지는 아셉을 보며, '그럴 바엔 좀 먹으라고. 한 끼 먹는다고 지옥 가는 거 아니라고. 지옥은 그것보다 훨씬 더 나쁜 짓을 한 녀석들로 이미 만원이라고!'라는 생각을 목에서 삼킨 것이 여러 번이다.

한국에 돌아온 후 내 삶에 비집고 들어올 이유가 전혀 없을 것 같았던 라마단의 기억을 떠올리게 된 것은, 어쩌다 동참하게 된 릴레이 단식 때문이었다. 40일 넘게 단식으로써 자신의 의사를 표명하고 있는 어떤 분의 뜻에 동참한다는 의미에서, 저마다 여건이 되는 대로 한 끼면 한 끼, 하루면 하루, 식사를 하지 않겠다는 뜻을 SNS에 올리고 그것을 실천하기로 한 것이다. 자신의 목숨을 담보로 싸우고 있는 분에게 조그마한 도움이라도 되고 싶었던 것이 동참을 결정한 이유였다. 그러면서도 마음 한구석엔, 스스로 음식물의 섭취를 제한한다는 것이 대체 어떤 느낌인지, 그리고 아셉이 그토록 고통스러워하며 지키고 싶었던 것이 무엇이었는지에 대한 궁금함이 있었다. 그리고 더 밑바닥엔, 그때 느낀 짜증에 대한 미안함이 남아 있었던 것인지도 모르겠다. 그래서였을까. 한 끼를 굶든 하루를 굶든 상관없었던 것을, 나는 덜컥 이틀을 굶겠다고 페이스북에 대고 공언해버리고 말았다.

단식 첫날 점심때가 되었을 때, 나는 격렬한 공황감에 휩싸였다. 가끔씩 영상편집을 하거나 글을 쓰느라 끼니를 건너뛰었던 것과는 차원이 다른 감각이었다. 먹지 못한 고통보다, 내일 자정까지 먹을 수 '없다'

는 좌절감이 내 생각의 거의 전부를 차지했다. 무한히 계속될 것처럼 느껴지는 생명이, 사실은 먹는다는 행위에 의해 그때그때 연장될 뿐이라는 깨달음이 사무쳤다.

다시 한 번, 아셉의 얼굴이 떠올랐다. 덜컹거리는 차 속에서 빵을 손에 쥐고도 저녁 기도 시간을 기다리던 그의 진지한 표정이. 그리고 마침내 먹을 수 있게 되었을 때, 한없이 온화한 표정으로 감사의 기도를 올리던 그의 모습이. 그리고 문득 깨달았다. 그 덜컹거리는 차 안에서, 아셉은 사실 격렬하게 싸우고 있었던 것이다. 욕망에 휘둘리는 동물이 아닌, 자기 의지를 가진 하나의 인간으로 남기 위해 그는 한 시간 동안 본능과 싸웠고, 결국 이겨냈던 것이다. 그래서 그 싸움이 끝났을 때 그는 그토록 평온한 표정으로 기도를 올릴 수 있었던 것이었을 테지.

라마단에 대한 깨달음은 허기를 줄이는 데엔 아무런 도움이 되지 않았고, 이틀 동안 나는 트위터와 페이스북에 먹지 못하는 것에 대한 좌절과 분노를 여과 없이 쏟아냈다. 그리고 호들갑스럽던 이틀간의 단식이 끝나갈 무렵, 스스로의 보잘 것 없음을 실컷 마주한 끝에 마음껏 가학적인 심정이 된 나는 페이스북에 공언했다. 자정이 지나자마자 미음으로 시작하는 복식 단계 따위는 모두 무시하고, 달디단 푸딩과 복숭아와 기름진 짜장라면을 먹겠노라고. 그리하여 생이 주는 가장 원초적인 행복감을, 내가 살아 있다는 안도감을 최대한 누리겠노라고.

자정을 15분 남겨놓고, 나는 물을 끓이기 시작했다. 라면의 봉지를 찢어 스프를 꺼내고, 면을 빼내 봉지 위에 올려놓았다. 아직 물에 닿지도 않은 바싹 마른 면발일 뿐인데도, 그것을 본 입안에는 침이 고이기 시작했다.

자정으로부터 5분이 지날 무렵, 나는 입안이 미어지도록 짜장라면을 밀어 넣었다. 천국의 맛. 나의 의지로 잠시 유보했던 생명의 기쁨이 그 안에 담겨 있었다. 내가 이해하지 못했던, 나와는 다른 신념을 지키고자 노력했던 사람들에 대한 미안함 때문인지, 젓가락질은 점점 더 빨라졌다.

이틀을 굶으며 좀 더 나은 존재가 된 것 같진 않지만,
좀 더 겸손해진 것만큼은 사실인 것 같았다.

● **비스밀라** l bismillah l 이슬람권에서 식사를 시작할 때 암송하는 말. "신의 이름으로."

비가 오지 않으면 좋겠어

당신도 결국, '치노'

Caracas, 그리고 Seoul

길게 줄을 서 있는 사람들은 무표정했다. 하루치의 피곤함을 안고 집으로 향하는 버스를 기다리는 일이 즐거울 리 만무했다. 하지만 그날따라 사람들의 표정엔 짜증이 한층 더 도드라졌다. 줄 밖에 비껴 서서 혀 꼬부라진 소리로 욕설을 해대는 초로의 남자 때문이었다. 멀리서 보아도 그는 술에 취해 있었다.

—— 이런 싸가지 없는 화냥년이, 어? 너는 대한민국 국민 아니냐? 어? 국산품을! 응? 애용해야지!

가까이 감에 따라 그가 욕설을 퍼붓고 있는 대상이 눈에 들어왔다. 커플이었다. 한국인 여자, 그리고 서남아시아계로 보이는 남자. 상황은 더 이상의 설명을 필요로 하지 않았다.

생각을 가다듬을 새도 없이 나는 그들 사이에 끼어들었다.

—— 왜 이러세요, 점잖은 분이.
—— 어? 너는 또 뭐야!
—— 왜 다짜고짜 반말입니까. 할 일 없으시면 댁에 가셔서 일찍 씻고 쉬세요.
—— 뭐야, 이 새끼야? 너 이 새끼, 너는 애비 에미도 없어?

술기운 섞인 숨을 훅 뿜으며 남자는 내 멱살을 잡았다. 나도 그의 손목을 따라 잡을 수밖에 없었다.

—— 애비는 없고요, 어머니만 있고요. 당신 같은 애비가 없는 게 얼

마나 다행인지 모르겠…

　　—— 이런 싸가지 없는 새끼!

그것은 마치, 뜨거운 것이 손에 닿았을 때 뿌리치는 것처럼 순간적인

반응이었다. 그는 나의 눈에 주먹을 날렸고, 맞자마자 나는 그의 턱을

갈겼다.

낭패였다.

그렇지 않아도 별로 우호적이지 않았던 정거장 주변의 사람들에게, 나는

'연장자를 때린 놈'이 되어버린 것이다. 남자는 반격을 당하고 나니 겁이

나는지, 나에게 가까이 올 생각은 못 하고 횡설수설하기 시작했다.

　　—— 애비도 없는 놈이! 대한민국에 왜 살아! 어? 애비도 없는! 나아

쁜 새끼!

치졸하다는 것을 알면서도, 나 역시 치미는 분노와 짜증을 감당하기

어려웠다.

　　—— 애비 없으면 여기 살면 안 돼? 어디서 나잇살이나 처먹은 게 행

패야! 술 처먹었으면 곱게 집에나 갈 것이지!

이 모든 게 다, '치노' 때문이었다.

C.H.I.N.O. 치노. 스페인어로 '중국 사람'이라는 뜻. 하지만 남미에서라면, 그런 의미보다는 '눈 찢어진 놈' '황인종 새끼' 정도의 뉘앙스로 쓰이는 경우가 훨씬 많다. 우리의 '짱깨'가 중국 본토인, 대만인, 홍콩인을 가리지 않듯, 우리의 '연탄'이 나이지리아, 세네갈, 코트디부아르 사람을 가리지 않듯, 그들의 '치노' 역시 당신의 국적에는 관심이 없다. 그저 머리 까맣고, 눈 작고, 피부가 노르스름하면 당신은 '치노'다.

이 단어의 의미를 알게 된 곳은 2004년, 볼리비아였다. 한 번 귀가 트이고 나니, 꽤 여러 곳에서 들려왔다. 골목길에서 나를 따라오는 꼬마 아이들에게도, 물건 흥정을 하다가 사지 않고 그냥 나온 상점의 상인에게도, 시장통에서 어쩌다가 어깨를 부딪히게 된 남자에게도, 나는 '치노'였다. 그래도 안데스 산맥을 끼고 사는 사람들은 순박한 편이다. '치노'라고 할 땐 목소리를 한 톤 낮추고, 입술과 혀에 힘을 빼서 발음을 흘린다. 어쩌다 바람결에 실려온 거름 냄새처럼, 그들의 '치노' 소리는 귓바퀴를 슥 감돌고 사라진다.

하지만 베네수엘라 카라카스의 '치노'는 고약했다. 무슨 일이 있어서 '치노'라고 불리는 것이 아니라, 단순히 그들의 재미를 위해 '치노'가 되어야 했다. 마주 오던 녀석이 갑자기 함박웃음을 지으며 "헤이~ 치노!"라고 큰 소리로 말을 건네는 건 애교다. 달리던 버스에서 차장이 고개를 내밀고 "어이~~ 치노! 치노!" 하고 무슨 다급한 일이 있기라도 한 것처럼 소리를 친다. 무시하려 해도, 내가 자기 쪽으로 눈길을 줄 때까지 "치노!" 소리가 이어진다. 손가락으로 눈을 옆으로 쭉 잡아당기며 "치노! 치노!"를 연발하는 애새끼들은 일일이 신경 쓸 수조차 없었다. 짜증 섞인 웃음으로 넘기려 애쓰지만, 아무런 이유 없이 그들의 비웃음 거리가 되었다는 서러움과 분노는 가슴속에 차곡차곡 쌓였다.

왜 카라카스에 유독 그렇게 찌질거리는 놈들의 밀도가 높았을까. 짐작 가는 것은 있다. 베네수엘라는 스트레스 레벨이 높은 사회다. 일찍부터 정착한 인구 대비 20% 정도의 백인들이 기간산업을 틀어쥐고 있고, 나머지는 그 떡고물에 의존해 살아간다. 정치인들이 눈앞의 이익만을 좇는 사이, 물가는 1년에 두 배씩 오른다. 인구의 80%를 차지하는 빈민층에게 희망은 사치다. 정상적인 사다리를 밟아 이루어지는 계층 이동이 불가능해진 상황에서 욕망은 퇴행한다. 여성의 아름다움은 그대로 화폐가 되고, 힘으로 남의 것을 빼앗는 범죄가 증가한다. 강한 자에게 천대받은 스트레스는 자신보다 더 약한 계층을 향한 조롱과 혐오가 되어 고여든다. 나보다 지위가 낮은 놈, 나와 다르게 생긴 녀석, 우리말을 못하는 놈, 나보다 약한, 나와 다른 성性에 대한 희롱과 학대가 일상화된다. 스트레스는 마그마와 같다. 압력이 증가할수록 껍질의 약한 틈을 찾아내어 폭발할 순간을 노린다.

결국 혐오는 돌고 돈다. 타국 땅에서 멸시받았던 이들은 자국에서 외국인을 공격한다. 똥개의 기도 살려주는 텃세와, 즉각적인 페널티로 작용하는 언어 장벽은 외국인을 늘 만만한 먹잇감으로 만든다. 그 두 가지 뒤에 숨어서, 잔인한 어린아이들처럼 돌과 진흙을 던져댄다. 한

비가 오지 않으면 좋겠어

번이라도 이런 공격 앞에 내던져진 사람이라면, 높은 스트레스 레벨이 그 거지 같은 행동의 면죄부가 될 수 없다는 것을 안다. 인간은 폭발하는 분노의 방향을 조절할 수 있기에 화산보다 위대하다.

아이러니컬하지만, 남미를 스페인의 손에서 해방시킨 시몬 볼리바르는 카라카스 출신이다. 그는 '크리오요|Criollo|', 즉 남미에서 태어난 백인이었다. 크리오요는 스페인에서 태어난 본토인들에게 2등 시민 취급을 당했다. 쥐뿔도 없는 것들이 태어난 장소를 들먹이며 그들을 하인 취급할 때, 볼리바르는 맞서 싸우기로 결심했다. 1830년, 47세를 일기로 세상을 떠날 때까지 그는 스페인을 상대로 집요하게 투쟁했다. 남미 사람들은 지금도 그를 '엘 리베르타도르|El Libertador : 해방자|'라 부르며 추앙한다. 만일 볼리바르가 본토인들에게 멸시받은 스트레스를, 인디오 하인들을 몇 대 쥐어박는 것으로 풀었다면 남미는 지금도 스페인의 식민지를 벗어나지 못했을 것이다.

합정동 술 취한 사내의 횡설수설에 카라카스의 '치노'가 오버랩되었던 것은, 거창한 의협심이 아니라 당해본 자의 트라우마 같은 것이었다. 전쟁에 참전했던 군인이 천둥소리에 경기|驚氣|를 일으키듯, 같은 범죄의 피해를 겪은 이들이 서로를 위로하듯, 나는 그들 사이에 끼어들 수밖에 없었다.

나와 생긴 것이 다르고 하는 말이 다르다고 해서 거리낌 없이 '짱깨' '깜씨' '연탄' '쪽발이'를 입에 달고 사는 사람들에게, 여행을 권해주고 싶다. 여행이야말로 '안전하게' 약자가 되어볼 수 있는 최고의 시뮬레이션 게임이니까. '나그네'라는 천하에 다시없는 눈칫밥 캐릭터가 되었다가, 원래의 '나'로 돌아올 수 있는 구운몽이자 크리스마스 캐롤이니까.

—— 저기요! 두 분 여기서 시끄럽게 이러지 마시고 다른 데 가서 싸우시면 안 돼요?

어디선가 피곤에 전 여자의 목소리가 들려올 때쯤, 버스가 도착했다. 주변을 둘러보니, 사건의 발단이 되었던 커플은 고개를 푹 숙이고 버스에 올라타는 참이었다. 술 취한 사내도 지쳤는지 혼잣말을 중얼거리며 어둠 속으로 사라졌다.

맞은 눈두덩이 욱신거렸고, 버스에 오르지 못한 사람들이 힐끔거리는 눈초리는 뜨거운 촛농처럼 고통스러웠다.

카라카스나, 서울이나, 외롭기는 마찬가지였다.

혼자 차린 식탁

힘센 바보를 상대하는 방법

—— 페라라 팔리오│Ferrara Palio│축제라…. 현지 관광청에서 취재 허가는 물론, 숙소와 가이드까지 다 제공하기로 했다고요?

—— 네.

—— 축제 기간 동안 마을 사람들이 가장행렬, 무도회, 깃발 던지기 경연을 벌이고 맨 마지막 날 말타기 경주를 한다고요?

—— 네. 그런데 단순한 깃발 던지기가 아니라, 둘이서 던지고 받기도 하고, 한 명이 깃발 세 개를 휘두르기도 하는 복잡한 기예입니다…

—— 이해를 못 하겠는 게, 이 행사의 메인 이벤트가 말타기 경주 아닙니까. 우리 연기자를 데리고 가서 그 말타기 경주에 도전을 해야지, 왜 깃발 머시기에 도전을 한다는 거예요?

—— 제가 아까도 말씀드렸다시피, 이 경기는 페라라 사람들이 1년 내내 기다리는, 어쩌면 월드컵보다 더 중요한 행사입니다. 심지어는 경기 한 달 전부터 사람들이 당번을 정해서 말과 함께 자요. 다른 마을에서 몰래 와서 안 좋은 걸 먹이기라도 할까 봐서요. 이런 의미를 가진 행사의 기수를 저희가 데려간 연기자한테 맡겨달라고 하는 건 어불성설이고, 무엇보다도 말에 안장이 없습니다. 고대 로마의 말타기를 재현하는 거니까요. 국내에 안장 없는 말을 타고 전속력으로 달릴 수 있는 연기자가…

—— 여하튼 이 건은, 다른 건 다 좋은데 메인 이벤트가 아니라는 게 좀 그렇네. 그래도 말을 태워볼 수는 없나?

나는 이제 막 30분짜리 프로그램을 만들기 시작한 피디였고, 새로운 것을 해보려는 의욕에 넘쳤고, 짤막한 프로그램들을 촬영하러 다닐 때마다 뭔가 좀 더 긴 프로그램으로 만들어볼 만한 소재가 없을까 눈에 불을 켜고 있던 참이었다. 그러던 중 '이건 만들기만 하면 대박이다'라는 확신이 들었던 것이, 이탈리아 북부의 중세도시 페라라의 팔리오 축제였다.

매년 5월에 열리는 이 축제엔 '콘트라다'라고 부르는 여덟 개의 구|區|가 참여한다. 각각의 콘트라다는 같은 도시 안에 있는 행정구역이지만, 상징 색이 다르고, 수호성인이 다르고, 문장이 다르고, 역사가 다르다. 영화 〈해리포터〉에 등장하는 기숙사들과 비슷하다. 이들이 한데 모여 페라라가 전성기를 누렸던 15세기를 재현하는 것이 바로 팔리오 축제다. 축제의 대단원을 장식하는 것은 안장이 없는 말을 타고 달리는 경주다. 과거엔 각 콘트라다의 귀족 자제가 기수|騎手|로 나섰지만, 지금은 전문 기수를 고용한다. 열정 넘치는 이탈리아노들답게, 경쟁은 치열하다. 경기의 결과에 따라 울음을 터뜨리는 사람들이 속출한다. 기쁨과 아쉬움의 눈물이 교차한다.

이것 이외에도, 축제 기간인 5월 내내 각종 문화행사와 콘트라다 간 경연이 도시 곳곳에서 이어진다. 그중에서도 가장 인기를 끄는 것은 '스반디에라토리|Sbandieratori|'라고 부르는 기수|旗手|들의 경기다. 이들은 원래 군대의 신호수였는데, 차츰 퍼레이드에서 각 콘트라다의 분위기를 돋우는 역할을 하게 되었다. 깃발 돌리는 기술은 대를 이어 전승된다. 둘이 서서 깃발 두 개를 던지고 받는가 하면, 혼자 손과 발을 이

비가 오지 않으면 좋겠어

용해 세 개의 깃발을 한꺼번에 돌리는 묘기를 보여주기도 한다. 음악에 맞춰 행진하며 일사불란하게 깃발을 던지고 받는 모습이야말로 팔리오 축제의 상징이다. 페라라 시는 심지어 스반디에라토리 이탈리아 챔피언을 여러 번 배출한 고장이다. 한국인 연기자를 데리고 가서 해외 문화를 체험하는 프로그램을 만들고 있던 나에게는, 페라라의 깃발기예야말로 완벽한 아이템이었다.

예전에 이미 한 번 취재한 적이 있어서, 친분을 쌓은 현지 관광청 직원을 통해 적극적인 지원 약속까지 받아냈다. 모든 것은 순조로워 보였다. 하지만 생각지도 못했던 데에서 문제가 생겼다. 어느 조직에나 있기 마련인, 듣고 싶은 것만 듣고 하고 싶은 이야기만 하는 결정권자. '마이너스의 손'이라는 별명을 가지고 있던 그는, 손을 대는 족족 프로그램을 종영시키기로 유명했다. 하필이면 그가, 이 시기에, 프로그램의 데스크로 와 있었다.

어떻게든 그를 설득해보려던 나의 시도는 태양 주변을 도는 혜성처럼, 핵심에 가까워졌다가 멀어지기를 반복했다. 이 행사에 페라라 사람들이 얼마나 목숨을 걸고 있으며, 자신의 콘트라다를 대표하는 말과 기수에 얼마나 많은 돈을 쏟아붓는지에 대해 그는 이해할 의도도 능력도 없는 것처럼 보였다. '현지 관청의 적극적인 협조를 통해 만들어지는, 완벽하게 재현된 14세기의 축제. 자신들의 전통에 인생을 거는 이탈리아 북부 사람들을 밀착 취재한 다큐멘터리. 지금껏 어떤 채널에서도 볼 수 없었던 참신한 소재의 프로그램'은 결국, 데리고 가려는 연기자가 그놈의 말을 타지 않는다는 한 가지 사실 때문에 빛도 못 보고 사라질 위기에 처했다.

—— 다 좋은데, 말을 타면 왜 안 되냐고요.

—— 그러니까 아까도 말씀드렸다시피…

—— 우리 연기자가 좀 더 중심이 되어야 하는 거 아닌가?

—— ….

—— 그러니까 내 말을 못 알아들은 모양인데, 메인 이벤트가 말이잖아. 그럼 말을 타야지….

—— 네, 알겠습니다. 제 기획이 좀 부족했네요. 더 연구해보도록 하겠습니다.

그가 같은 말을 다섯 번째 반복하려 할 때, 나는 말허리를 자르며 펼쳐놓은 기획안을 챙겼다.

—— 어, 그러니까, 다시 현지에 연락해서, 그 말 타는 걸…

—— 네. 더 연구해보도록 하겠습니다.

—— 어, 그래, 그래요. 흠흠.

방송국을 나서는데 햇살은 찌르듯 밝았고, 봄바람은 한가로웠다. 짜증이 치밀었다. 나는 현지 사람들의 감성에 도통 무신경한 그의 취향에 도저히 맞출 자신이 없었다. 다만, 다 차려져 있어 먹기만 하면 되

비가 오지 않으면 좋겠어

는 진수성찬이 아쉬울 뿐이었다. 권력을 가진 바보는 세상에 널려 있고, 그들은 바보 같음을 무기로 더 높은 직위에 있는 바보의 눈에 들어 출세를 거듭한다. 편협한 시야, 이해력의 부족, 한 번 입력된 지침에서 한 치도 벗어나려 하지 않는 완고함 덕분에 그들은 비슷한 부류의 호감을 사고, 조직 속에서 긴 수명을 누린다. 그렇게 해서, 무례하고 멍청한 '갑'들이 양산된다.

약자의 입장에서 그런 '갑'들을 상대하는 방법은 많지 않다. 내가 믿었던 방법론을 폐기하고 그의 바보 같음을 나의 행동지침으로 삼아 스스로를 세뇌해나가든가, 그의 통제를 벗어난 곳에서 여전히 내가 하고 싶은 것을 밀고 나가든가. 간단한 문제다. A와 B가 함께 식사를 한다. A는 나이도 더 많고, 권력도 많고, 돈도 많다. 잠자코 그와 같은 식탁에 앉아 있으면 아마도 그가 식대를 낼 것이다. 그렇지만 그의 음식 취향은 너무나 구리다. 고급진 메뉴가 마련되어 있는 식당을 추천해주어도 그는 늘 인스턴트 라면에 신 김치만 고집한다. 그와 계속해서 같은 식탁에 앉아 맛없는 식사를 하고, 그가 카드를 내밀기를 기다릴 것인가? 아니면 자리를 박차고 나가 따로 먹을 것인가? 후자의 방법은, 대체로 재미와 자기만족 빼고는 별로 남는 게 없다. 그렇지만 돈 안 되는 재미의 추구는 때로, 조금 다른 삶의 문을 열어주기도 한다.

한 달 후, 나는 페라라 에스텐제 성의 망루 위에 있었다. 15세기의 페라라 공작 복장으로 차려입은 배우가 위엄 있는 표정으로 내려다보는

비가 오지 않으면 좋겠어

가운데, 에르콜레 1세 거리를 따라 시민들이 행진해왔다. 각 콘트라다의 귀족과 기사, 성직자를 완벽하게 재현한 행렬의 선두에, 화려한 옷을 입은 기수들이 서 있었다. 하늘 높이 깃발을 던져 올리는 모습은 우아하면서도 박력이 넘쳤다. 그들을 보고 있자니, 그간의 번뇌가 깃발에 실려 하늘로 흩어지는 느낌이었다.

결론부터 이야기하자면, 나는 그 프로그램으로 돈을 벌 생각을 버렸다. 대신 일반 시청자들의 여행 영상으로 진행되는 프로그램의 문을 두드렸다. 지금 같으면 유투브에 직접 올렸을 터이지만, 당시에는 아쉽게도 그런 것이 없었다. 빡빡한 일정 속에서 기승전결이 딱 떨어지는 프로그램을 만들어내야 하는 압박으로부터 자유로워진 대신, 2주에 걸쳐 이탈리아 북부의 관심 가는 지역을 발길 닿는 대로 싸돌아다녔다. 한국어를 사용하는 현지 가이드 없이 직접 영어로, 되지도 않는 이탈리아 말로 부딪혀본 최초의 취재이자 여행이었던 셈이다.

한 달 후, 나는 아홉 편의 영상과 함께 돌아왔다. 애당초 벌고자 했던 돈에 비할 바는 아니지만, 비행기 삯과 현장 경비는 충분히 빠지고도 남았다. 무엇보다 나에겐 부쩍 자란 자신감과, 새롭게 알게 된 사람들과, 그간의 취재에서 느껴보지 못했던 충만한 행복감이 남았다.

그럼에도 불구하고, 그 말 안 통하던 프로그램 데스크에게 이 말 한 마디를 못 던지고 나온 건 아쉽기만 하다.

—— 그럼 당신이 가서 그렇게 만들어 보든가.

밥값, 그놈의 밥값

Moonwalkers on Ollagüe

메추리알 만한 자갈로 이뤄진 산의 사면은 수직으로 솟은 러닝머신 같았다. 오르기 위해 발을 50cm 앞으로 뻗으면, 40cm는 도로 미끄러졌다. 옆에서 봤다면 지옥에서 온 야차 같은 표정을 한 사내들이 마이클 잭슨의 문워크 댄스를 추고 있는 것으로 보였을 것이다. 걸음을 내디딜 때마다 경사는 더 가팔라졌고, 숨을 고르기 위해 멈추는 시간도 더 길어졌다. 고도가 5,300m를 넘어가면서 한 걸음 한 걸음이 인생 전체의 무게처럼 느껴졌다. 불교에서 구두쇠가 죽은 뒤 가는 곳은 칼날 위를 맨발로 걸어야 하는 도산지옥 |刀山地獄| 이라는데, 죽지도 않은 내가 왜 벌써 그 벌을 받고 있는 건지 모를 일이었다. 그동안 후배들에게 술 사고 밥 사고 차에 태워준 것으로는 한참 모자란 모양이었다. 여기가 이승인지 저승인지 헛갈릴 정도로, 정신은 혼미하고 몸은 고통스러웠다. 허물어져 가는 자신을 다잡으려, 애꿎은 조연출에게 이를 악물고 소리를 질러댔다.

—— 야 인마! 제대로 못 걸을 거면 내려가! 가버리라고! 집에나 가란 말이야!

그 화산의 이름은 오야게 |Ollagüe| 였다.

'밥값'은 직업윤리의 다른 이름이기도 하다. 교육과정을 통해 근면성실을 최고의 가치로 삼게 된 우리는, 가능한 한 밥값을 하기 위해 노력한다. 심지어는 고용주의 눈이 닿지 않는 곳에서도 밥값을 하지 못했

비가 오지 않으면 좋겠어

다는 생각은 마음의 부담이 되어 우리를 괴롭힌다. 그리고 그러한 압박은 때로 말도 안 되는 일을 하게 만들곤 한다.

그날은, 밥값하기 참 어려운 날이었다. 안데스의 자연을 카메라에 담기 위해 볼리비아의 알티플라노 평원 한가운데에 들어온 우리는 우유니 소금사막 촬영을 마치고 남쪽으로 계속 내려가던 중이었다. 가장 큰 볼거리를 해치우고 나니, 풍광은 확 밋밋해졌다. 구릉 같은 돌무더기가 끝없이 반복됐다. 해는 떨어지고, 촬영거리는 눈에 들어오지 않았다. 속이 바싹 타들어갔다.

오야게가 내 눈에 들어온 건, 벌판 한가운데에 차를 세우고 점심식사를 마친 뒤였다. 일행이 담배 한 대 피는 동안, 답답한 마음에 얕은 동산에 올랐다. 미간을 찌푸리고 주변을 살피다 보니, 단조로운 지평선을 뚫고 연기를 솟아올리는 분화구가 보였다. 음, 연기? 아까부터 계속 눈에 띄던 봉우리인데, 연기가 나고 있다고? 가이드에게 확인하니, 몇 가지 정보를 알 수 있었다.

산의 이름은 오야게. 활화산이고, 높이는 5,868m. 정상을 기점으로 볼리비아와 칠레의 국경이 나뉜다. 산허리에 유황광산이 있어서 차를 타고 꽤 높은 곳까지 올라갈 수 있다. 기억을 더듬어보니, 큰길을 타고 오는 동안 산 쪽으로 갈라져 나간 비포장도로가 하나 있던 것이 떠올랐다. 가지 않을 이유가 없었다. 화산은 알티플라노 지역이 어떻게 만들어졌는지 설명하기 위해 꼭 필요한 요소다. 연기가 솟아오르는 분화구를 찍을 수 있다면 최고의 장면이 되겠지만, 그게 아니더라도 산중

턱에 올라 알티플라노의 탁 트인 풍광을 촬영하기만 해도 오늘의 밥값은 될 터였다.

롤러코스터의 첫 오르막처럼, 비포장도로는 하늘로, 하늘로, 차고 올랐다. 기껏해야 중턱 정도까지 뻗어 있을 줄 알았던 찻길이 이래도 되나 싶을 정도로 이어졌다. 고도계의 숫자는 4,500m를 넘어 5,000m에 근접하고 있었다. 왼쪽은 그대로 허공. 오른쪽은 거대한 분화구가 무럭무럭 연기를 뿜어낸다. 정상에 근접할수록 유황 냄새가 짙게 풍겨왔다. 길은 급한 지그재그를 열 번 넘게 반복하다가 마침내 끊겼다. 20m쯤 위에 유황광산의 입구가 입을 벌리고 있고, 발아래엔 옆으로 쓰러진 트럭 한 대가 보였다. 경사로에서 바퀴를 헛디뎌 나동그라진 모양이었다. 고도계는 5,400m에서 멈춰 있었다.

머리 위로는 화산의 정상부가 성채와도 같은 위용을 자랑하고 있었다. 이렇게 가까이 와서 보니 산이 주는 위압감에 절로 고개가 숙여졌다. 위에서 굽어보고 있는 신에 대해 악마가 느끼는 불쾌함을 표현이라도 하듯, 분화구에선 연기가 멈추지 않고 흘러나왔다. 분화구를 굽어볼 수 있는 오른편의 능선까지는 이제 수직으로 400m. 중간에 아무런 장애물도 없는 고산지대의 화산이기에, 모든 것이 손에 잡힐 듯 너무나 선명하게 느껴졌다. 400m의 고도쯤, 두 시간만 고생하면 올라갈 수 있을 것 같았다.

——— 어떻게 생각해?

──── 저어기 옆으로 돌아서 올라가면 바위절벽 피해서 갈 수 있겠네. 일단 올라가면 그림은 괜찮을 것 같은데?

에베레스트를 7,000m 지점까지 올랐을 정도로 산에 대한 경험이 풍부한 촬영감독 Y도, 올라가보는 것에 대해 긍정적인 눈치였다. 시계는 오후 세 시를 가리키고 있었다. 더 지체할 시간이 없었다. 우리는 카메라와 무전기, 삼각대만 가지고 산비탈을 오르기 시작했다.

자연은 정직하다. 하지만 그것을 받아들이는 인간의 감각은 정직하지 않다. 겨우 400m다. 겨우. 뛰어서 올라가면 30분 안에 정상에 닿을 수 있을 것만 같다. 지금이라도 손을 뻗으면, 분화구에서 올라오는 연기를 느낄 수 있을 것만 같다. 하지만 3,000m 대에 있다가 갑자기 5,000m가 넘는 곳으로 올라온 우리의 몸은 거짓말을 몰랐다. 이내 모든 근육이 정직한 비명을 질러대기 시작했다. 가슴이 터질 듯 숨을 몰아쉬어도 허파 속에 남는 산소의 분량은 콩알 하나만큼으로 느껴졌다. 질식에 가까운 상태에서 힘을 써야 하는 근육들은 격렬하게 짜증을 냈다. 대체 무슨 생각을 하는 거냐며 통증과 경련으로 불만을 표현했다. 분화구 능선까지 두 시간 안에 닿을 수 있을 거라고 생각했던 것이 우리의 바람에 불과했음을 깨닫는 데엔 그리 오랜 시간이 필요하지 않았다. 하지만 밥값을 해야 한다는 생각에 사로잡힌 우리는, 서로의 눈치만 볼 뿐이었다.

비가 오지 않으면 좋겠어

이를 악물고 지옥의 문워크 댄스를 추는 동안, 해는 뉘엿뉘엿 저물기 시작했다. 애당초 예상했던 두 시간이 지나가버린 것은 순식간이었다. 우리는 그동안 겨우 100m를 올라왔을 뿐이다.

가장 먼저 미련을 버린 것은 촬영감독 Y였다. 카메라 삼각대를 메고 있던 조연출을 자기 곁으로 부르더니, 지금 위치에서 보이는 것들을 촬영하기 시작했다. 뭐하는 거냐고 소리를 지를 힘도 없어서, 나는 그저 Y와 산 정상을 번갈아 쳐다봤다. 여전히 분화구는 우리를 손짓하듯 부르고 있었다. 조금만 더, 아주 조금만 더 올라가면, 조금만 더 가까이 다가가면, 확실하게 밥값을 할 수 있을 텐데. 조금 더 회사 사람들이 "으어" 하고 입을 벌리게 만들 그림을 찍을 수 있을 텐데. 조금만 더 올라가면, 조금 더 인정받을 수 있을 텐데. 나는 무릎을 짚고 서서 울 것 같은 표정으로 짐승의 숨을 몰아쉴 뿐이었다.

찍을 만한 것은 모두 찍은 건지, Y는 조연출과 함께 내려가기 시작했다. 눈에 띄게 어두워진 하늘 아래, 산허리를 휘감아 도는 바람이 차가웠다. 억울하고도 아까웠다. 기껏 여기까지 올라왔는데, 애매한 그림만 찍고 가는 것 같아 발걸음이 쉽게 떨어지지 않았다. 가슴 속에 얼마 남지 않은 공기를 겨우겨우 끌어모아 외쳤다.

―― 야! 조금만 더 올라가자!

Y가 멈췄다. 그는 고개를 돌려 나를 물끄러미 바라보더니, 마주 외쳤다.

──── 그러다가 너 죽어! 해 지는 거 안 보이냐!

──── 그래도….

──── 지금 내려가서 차에 도착해도, 마을까지 가려면 또 두 시간이
야! 어서 가자!

──── 야!

──── ….

──── 지금까지 올라온 게 아깝잖아!

Y는 불쌍함과 짜증이 뒤섞인 표정으로 나를 한참 쳐다보다가 마음대
로 하라는 듯 소리를 질렀다.

──── 나는 안 아깝겠냐, 이 새끼야!

그리곤 뒤도 안 돌아보고 휘적휘적 내려가기 시작했다.

젠장.

화가 나는 건지, 슬픈 건지, 창피한 건지, 도무지 모르겠는 감정 덩어
리 하나가 툭 하고 바닥에 떨어졌다.

세 시간 후, 우리는 소금사막 한가운데에 있었다. 해는 졌고, 들리는
것이라고는 우리 차의 엔진 소리뿐이었다. 그마저도 간헐적으로 끊겼
다. 운전사 겸 가이드는 차에서 내려 주변을 둘러보다가 다시 출발하
기를 반복했다. 그러다가, 엔진 소리가 완전히 멈췄다.

비가 오지 않으면 좋겠어

—— 세뇨르, 우리 더 못 가요.

—— 왜요? 오늘은 산 후안까지 간다고 했잖아요.

—— 해가 져서 길을 찾을 수가 없어요.

소금사막에서 방향을 가늠할 수 있게 해주는 것은 GPS도 아니고, 별도 아니고, 나침반도 아니다. 지평선 너머에 펼쳐진 화산의 모양이다. 오로지 그것에만 의존해 길 안내를 해왔는데, 해가 져버렸으니 더 이상 갈 수가 없다는 얘기다. 괜히 엉뚱한 방향으로 차를 몰고 가느라 헤매다간 연료가 떨어져 오도 가도 못하게 될 수가 있다. 유일하게 남은 방법은, 차 안에서 뜨는 해를 기다리며 일시정지 모드에 들어가는 것뿐이다. 뒤통수에 꽂히는 Y의 시선이 따가웠다. 그는 낮게 으르렁대며 침낭을 찾기 시작했다. 다른 일행들도 부스럭부스럭 그의 뒤를 따랐다. 별들도 피곤한 듯 눈을 껌뻑였고, 기온은 점점 더 내려갔다. 곧 사막은 완전한 정적 속으로 빠져들었다. 차 옆구리에 와서 부딪히는 소금기 머금은 바람이 우엉우엉 울어댈 뿐이었다.

다음 날, 제일 먼저 일어난 것은 나였다. 차 바깥으로는 희미한 빛이 퍼져나가고 있었다. 차 문을 열고 나가 몸의 관절 하나하나를 폈다. 10년 동안 접혀 있던 녹슨 경첩을 펼치는 소리가 났다. 꿈과 현실 사이를 떠돌던 정신이 돌아올 무렵, 나는 차 트렁크를 열고 서둘러 카메라를 찾았다.

소금사막의 하얀 지평선 위로 장밋빛 태양이 막 떠오르려 하고 있었기 때문이다.

바람도 숨을 죽인 시각. 태양은 지평선 아래에서 퍼포먼스를 준비하는
아티스트처럼 뜸을 들였다. 바로 위의 하늘에 살구색 파도가 일렁이게
만들며, 스테이지에 뛰어오르기 직전의 마이클 잭슨처럼 보는 사람의
마음을 졸였다. 드디어 밥값을 할 수 있다는 생각에, 내 가슴도 덩달아
뛰기 시작했다. 회사에 가서 할 말이 생긴다는 사실에 안도감이 밀려
왔다.
여기까지였다. 여기까지 생각하고 나서 나는,
툭,
하고 카메라의 전원을 꺼버렸다.

닥치라고 하고 싶었다. 자신에게.
이 풍경 하나쯤 그냥 멍하니 바라본다고
커리어가 끝장나는 것이 아니라고,
지구가 망하는 것이 아니라고,
말해주고 싶었다.
조금은 덜 안달해도 아무 일도 일어나지 않는다고
토닥여주고 싶었다.

툭,
하고 그날의 첫 광선이 내 눈에 도달하는 순간,

비가 오지 않으면 좋겠어

차가운 바람 탓인지 살짝 눈물이 돌았다.

태양은 상상할 수 없는 색채로 하얀 사막을 물들였고,
나는 미뤄놨던 온갖 상념에 빠져들었다.
옆에서는 촬영감독 Y가 조용히 투덜대며 카메라를 돌리기 시작했다.

Simple Life

거대한 건식 사우나 같았던
카르툼*의 거리를 뒤로하고
호텔로 향한다.

연속 동작.
욕실로 향하는 것과 동시에
옷을 벗기 시작한다.
중력이 이끄는 대로
모든 천 쪼가리가 아래쪽을 향해 떨어지며
하나로 뭉쳐진다.

샤워커튼을 치고,

비가 오지 않으면 좋겠어

천으로 된 덩어리 위에 올라선다.

수도꼭지와 신중히 사인을 교환한다.

오늘의 구질은 단 하나. 차가운 직구.

하얀 물줄기가 그대로 정수리에 내리꽂힌다.

흐르는 물은 허벅지를 지나,

정강이를 타고 발등에서 흘러내려

빨래 위에 떨어진다.

낮 시간 내내 사막의 태양에 달궈진

수도관을 통과해 도달하는 물줄기는

생각만큼 차갑지 않다.

제멋대로였던 머리카락이

차분하게 아래를 가리키게 될 즈음,

바닥에 온통 누런 물이 차오르는 것을 본다.

사하라의 여름.

낮 내내 불어닥쳤던 하붑*이, 모래바람이,

비로소 내 몸을 떠나간다.

옷에서 떨궈져 나온 모래와 함께

욕조 바닥에 묽은 흙탕물을 만들다가,

하수구 구멍으로 사라진다.

Sapone doccia e shampoo*.

경유하며 들른 이탈리아의 호텔방에서 가져온 샴푸 겸용 샤워젤을
머리에, 몸에, 옷에 아낌없이 뿌린다.

그리고,
뛴다.

머리와 몸에 비누칠을 하며 아래를 본다.
후줄근하게 널브러져 있는 빨래엔
고되었던 하루의 나쁜 기억이 묻어 있다.
몹시 밉다.
미운 감정을 더 끌어올려
아낌없는 발길질을 선사한다.
몸이 깨끗해짐과 동시에
빨래도 땀과 모래에서 해방된다.

하나로 뭉쳐진 옷더미를 잘 헤치고 하나씩 뜯어내
있는 힘껏 비튼다.
남아 있던 물이 섬유에서 분리된다.
떨어지는 물방울이 여전히 옅은 모래색을 띠고 있는 것은
못 본 척하기로 한다.

청바지는 고집스럽다.

비가 오지 않으면 좋겠어

기계에 넣고 버튼을 눌렀다면 마주칠 이유가 없었을
데님의 거센 저항이 느껴진다.
티격태격 다툼을 거듭하다,
선풍기라는 치트 키를 쓰는 것으로
일단락을 짓는다.
얇은 셔츠는 그대로 팡팡 털어
입고 있기로 한다.
20분이면 마를 것이다.
다른 사람과 나눌 일 없는 나의 체온은
쿨맥스 셔츠 하나 말리는 데엔 차고 넘치니까.

젖은 셔츠를 입고,
그대로 침대 위에 드러눕는다.

똑같은 내일.
똑같은 더위.
똑같은 옷.
똑같은 삽질.

그래도,
멋지잖아.

샤워가 끝나면 새 옷이 생기는

심플한 삶이라니.

팡팡 털어 그대로 입을 수 있는

가볍고 바람 잘 통하는 인생이라니.

---

* **카르툼**|Khartoum| 수단의 수도.

* **하붑**|Habub| 북부 수단에 부는 모래먼지를 동반한 강풍.

* **Sapone doccia e shampoo** 이탈리아어로, 샴푸 겸용 샤워젤.

비가 오지 않으면 좋겠어

어둠이 눈에 익을 때까지

*Shiripuno*의 키잡이

모니터의 비어 있는 화면만큼 무서운 것이 또 있을까.

기한과 분량이 정해진 글쓰기를 해야 하는 사람이라면, 창백하게 자신을 응시하는 모니터가 한없이 공포스럽게 느껴지기 마련이다. 눈도, 코도, 입도 없는 무표정의 극치. 그러면서도, 이 너른 공간을 너의 단어들로 채우지 않으면 너의 괴로움은 영영 끝나지 않을 것이라는 무언의 압박. 천성적으로 시달림을 싫어하는 나로서는, 정말 피할 수 있을 때까지 피하다가 결국 마지막 초읽기에 몰려서야 대면하게 되는 쓴잔일 수밖에 없다. 결국 새벽의 문턱을 넘어서서까지 괴로움에 몸부림치다가 술기운을 빌어 비로소 첫 단어를 풀어놓는 일이 잦다.

사실, 첫 단어를 백지 위에 부려놓을 수 있다면 이미 괴로움의 80％는 사라진 셈이다. 흰 모니터 앞에 앉은 사람을 가장 괴롭히는 것은 어느 방향으로 가도 된다는 가능성의 무한함이다. 아무런 바퀴자국이 없는

사막 한가운데에서 느끼는 막막함. 벽이 없지만, 길도 없다. 360° 중에서 어느 방향을 택하든 그것은 나의 자유다. 하지만 그 방향으로 사흘을 갔을 때, 더 이상 견딜 힘이 없어 모래 위에 쓰러져 죽는 결과가 나오더라도 아무도 탓할 수 없다. 자유라는 것은 때로 이토록 섬뜩하다. 어둠 속에서 키보드를 두드리다 매일 다른 시간에 지쳐 잠든다. 매일 다른 시간에 일어나서 불규칙적인 식사를 하고, 어제완 전혀 다르게 느껴지는 단어와 맥락을 붙들고 씨름을 한다. 하루도 같은 날이 없기에, 나에겐 일상이 없다. 스스로 '다람쥐 쳇바퀴 돌 듯' 산다고 느끼는 사람이 부러움을 느낄 수도 있는, 그런 종류의 삶이다. 그렇지만 여전하다. 정해지지 않은 단어들을 백지 위에 풀어놓아야 하듯, 정해지지 않은 사건들로 생의 타임라인을 채워야 한다.

머리가 쭈뼛 설 만큼 무섭다.

2014년 3월 11일 새벽, 나는 바메노|Bameno|에 있었다. 에콰도르의 정글 한가운데에 위치한 이 마을은 문명과 원시를 가르는 칼날 위에 올려진 한 올의 머리카락이었다. 잡아당기면 끊어지고 불면 날아가는 불안한 평형을 유지하고 있는 곳. 지구라는 같은 행성을 점유하면서도 전혀 다른 시간대를 살아내고 있는 와오라니라는 사람들이 사는 고장. 이 마을과 외부세계를 잇는 것은 한 줄기 강이다. 시리푸노라는 이름의 그 강을, 열 명 타면 옴짝달싹 못 하는 크기의 보트가 왕래한다. 들어올 때는 열다섯 시간, 나갈 때는 열두 시간. 강의 흐름이 베푸는 자

비가 오지 않으면 좋겠어

비에 기댄다고 하더라도, 자동차라는 물건을 구경할 수 있는 곳으로 가기 위해 꼬박 하루를 써야 한다. 보트가 도착한 곳으로부터 인간들이 '도시'라고 부르는 영역으로 들어가기 위해서는 다섯 시간을 더 가야 하므로, 바메노를 떠나는 시간은 새벽 네 시여야 했다. 도시에 도착해 장사를 접기 직전의 식당에 들어가 배라도 채우기를 원한다면.

새벽의 정글은 몹시도 불친절하다. 나무뿌리가 울퉁불퉁 튀어나와 있는 지표면은 끊임없이 당신을 넘어뜨릴 기회를 노리고, 정체불명의 짐승, 벌레, 조류의 소리가 불필요한 상상을 강요한다. 가장 견디기 힘든 것은, 끈적끈적한 질감마저 느껴지는 어두움이다. 한 블록 건너편의 아파트에서 새어나오는 불빛이나 골짜기 아래편 도시에서 건너오는 광량에 익숙해져 있는 사람은 이해하기 힘든 절대 암흑. 그리고 그 안에서 나를 응시하는 수많은 것들. 그들은 나를 볼 수 있지만 나는 그들을 볼 수 없는 시야의 비대칭성. 이것을 이겨내는 방법은, 랜턴을 밝히고 그 불빛이 닿는 범위만을 의미 있는 세계로 한정하는 방법뿐이다. 그렇게 무한의 공간은 이해의 범주 안으로 들어오고, 우리는 비로소 '통제'가 주는 안도감에 숨을 내쉰다.
하지만 그날은 이 방법이 통하지 않았다. 우기가 건기로 바뀌는 계절의 흐름이 짙은 물안개를 피워올렸기 때문이다. 지름이 0.2mm가 채 되지 않는 물방울들은 모든 빛을 머금는 동시에 반사했다. 이 수증기의 장막 위로는, 아무리 강한 랜턴을 비춘들 소용이 없었다. 타버린 필름을 돌리고 있는 영사기처럼, 코앞에 부연 스크린을 하나 만들어낼

뿐이었다.

마르틴은 바보다. 그는 나의 와오라니 족 가이드다. 일주일 전, 코카 |Coca|에 있는 호텔 옥상에서 그를 처음 만났다. 그때부터 뭔가 조금 이상하다고 생각은 했다. 스페인어는 초등학생 수준이었고, 매사에 지나치게 자신 있어 했고, 반면에 웃음은 공허했다. 하지만 그는 마을 장로의 아들이었고, 폐쇄적이기 이를 데 없는 와오라니 공동체 안에서 그 사실은 우리의 여권이나 다름없을 터였다. 그래서 나는 '바보'를 가이드 삼아 이 마을에 들어왔다.

작은 메모리와 느린 연산장치, 그리고 효율적이지 못한 어플리케이션이 탑재된 채 출시된 컴퓨터를 산 건 다름 아닌 구매자의 탓이다. 돈이 모자랐든, 다른 제품과의 비교를 꼼꼼히 해보지 않았든, 이미 손에 쥔 제품이 버벅거린다고 분통을 터뜨려서 해결될 문제는 없다. 그럴 시간에 조그마한 업데이트라도 성능 개선에 도움이 될 만한 것들을 해보고, 메모리를 좀 더 큰 것으로 끼워보고, 하드 디스크를 SSD로 교체해보는 편이 낫다. 대부분 돈으로 해결되는 것들이다.

하지만 인간은 아쉽게도 부품을 교체하는 방식으로 개선할 수 없다. 한 인간의 OS에 문제가 있는 것으로 판명이 나면, 종교적 의미에서의 기적이 일어나지 않는 한 개선은 힘들다. 인간의 OS는 인스톨 하는 데만 20년이 넘게 걸리고, 정기적이지 않은 업데이트는 10년에서 20년의 사이를 두고 아날로그적으로 이루어진다. 아예 업데이트가 제공되지 않는 경우도 흔하다. 그러니, 바보를 미워해선 안된다. 화내서 해결

될 일도 없다. 어르고 달래서 최대한 타협하고 나의 의도대로 조종하는 것이 유일한 방법이다. 지금껏 그렇게 잘해왔으니, 촬영할 것 촬영하고 사지 멀쩡한 채로 이 정글을 나가는구나… 싶었다. 그렇지만 현재 상황은, 이 바보에게 나의 생명을 온전히 맡겨야 할 판이다. 억눌렀던 분노가 뒷목을 뻣뻣하게 하며 눈 뒤까지 올라온다.

　　—— 알레한드로(마르틴의 처남으로, 역시 바보다)! 앞에 잘 봐!
　　—— 오케이! 괜찮아!

쫘앙….

덤불로 가득한 강둑에서 보트를 꺼내는 것부터가 문제다. 바보 둘이서 보트를 앞뒤로 움직이고, 폭이 좁은 보트는 높아진 수위 때문에 반쯤 물에 잠긴 관목 가지에 이리저리 쿵쿵대며 부딪히기를 반복한다.

우지끈!

　　—— 알레한드로! 앞에 보라고!
　　—— 보고 있어! 괜찮아! 무이 비엥!

분명히 괜찮지 않은 소리가 나는데도 이 인간은 그저 무이 비엥│Muy Bien, '매우 좋다'라는 뜻의 스페인어│이다. 배의 재질이 그나마 강화플라스틱

이었기에 망정이지, 목선이었으면 진작에 용골이 부러져 꼴꼴꼴꼴 가라앉았을 것이다. 그렇게 되면 열흘 넘게 투자해 촬영한 원주민들의 생활모습이며, 앞으로도 한 달 넘게 남은 기간 동안 써야 하는 촬영장비는 그대로 아디오스다. 아니, 그런 걸 차치하고라도, 바닥이 어딘지 안에 뭐가 들었는지 모를 강물 안으로 빨려 들어가게 된다. 사방은 어둡고, 물살은 빠르다. 내 가벼운 목숨은 바보의 손에서 이리저리 맞춰지는 퍼즐 신세다.

테마파크의 범퍼카처럼 주변 덤불을 들이받은 끝에, 어찌어찌 배가 강가를 빠져나왔다. 높지 않은 RPM으로 조그맣게 툴툴거리는 엔진의 소리는 안개의 장막에 부딪혀 소멸한다. 배에 있는 모든 랜턴을 모아서 앞을 비춰보지만, 배를 둘러싼 물방울의 스크린을 더욱 빛나게 할 뿐, 여전히 시야를 만들어내지 못한다.

강의 가운데로 접어든 것을 몸이 먼저 느꼈다. 오토바이에 타고 스로틀을 당겼을 때처럼, 얼굴에 바람이 훅, 하고 와서 부딪힌다. 배가 떠내려가는 속도가 위험할 만큼 빨라진다. 아무것도 가늠할 수 없는 어둠 속에서 눈앞의 환한 빛이 공허하다. 강물이 튀어 손에 닿는다. 나는 도도한 죽음 위에 앉아 있다. 죽음은 축축하다. 무섭다. 눈물이 날 정도로 무섭다.

—— 어이! 여기!

수증기의 장막을 가르고 강 건너편에서 목소리가 들려온다. 방향을 잡지 못하고 그저 물살 위에 앉아 있던 배의 머리가 소리 나는 쪽을 향한다. 엔진이 서서히 힘을 내고, 보트는 크게 U자를 그리며 맞은편 강둑에 접근한다. 어느 부분에 얼마만큼 다가가고 있는지 전혀 모르는 채. 하얗게 안개를 비추던 랜턴의 빛이 살짝 어두워지는가 싶었을 때, 그것은 훅 튀어나왔다.

—— 머리 조심해요!
—— 으아아!

꽝.
머리를 스치는 굵은 나뭇가지를 용케 피했다 싶었는데 배는 그대로 건너편 기슭에 처박혔다. 그나마 진흙에 충돌한 것이 다행이라면 다행이었다. 그 속도로 나무를 들이받았다면⋯. 생각하기조차 싫다. 오로지 드는 생각이라곤 절망적인 것들뿐이다. 이대로는 절대 이 정글을 벗어날 수 없어. 해가 뜰 때까지 기다려야 해. 그런다고 안개가 걷힐까? 어떤 경우든 최소 하루는 더 까먹겠군. 지금 그게 문제가 아니야. 저 바보 둘 가지고는 당장 물에 빠진다고 해도 이상할 게 없어. 마르틴과 알레한드로에게 그동안 남미 전역을 돌면서 연마한 스페인어 욕을 퍼붓고 싶은 것을 간신히 억누르며, 머리를 싸안고 고민에 빠져든다.
강 건너편 마을에도 도시로 나가야 하는 주민들이 있었는지, 배에는 커다란 연료통을 비롯해 가방과 보따리가 쌓인다. 점입가경이군. 우리만 탔을 때도 배를 모는 게 그토록 힘들었는데, 한층 더 둔해진 배를 가지고 정말 볼 만하겠어. 새롭게 운명공동체가 된 사람들이 저마다 자리를 잡을 무렵, 보트 뒤 쪽에서 두런두런 이야기 소리가 들린다. 그러더니, 마르틴이 배의 키를 누군가에게 넘기고 배 앞쪽으로 옮겨온다. 새로 키를 잡은 사람이 누군가 싶어 고개를 돌렸지만, 얼굴은 보이지 않는다. 다만, 단단한 체격이 느껴진다. 몸에도 표정이 있다. 그의 몸은, 신중하고 차분한 표정을 짓고 있었다. 담배연기 같은 것이 가득 찼던 가슴 속에 서늘한 바람이 한 줄기 지나간다. 그렇지만, 그의 입에서 나온 말에 다시 꽉 막히고 만다.

—— 불을 모두 꺼요! 랜턴 끄라고!

아… 미쳤구나. 바보가 가고 미친놈이 왔어. 아니, 가뜩이나 물안개 때문에 앞이 보이지도 않는데, 마을 어디서든 더 큰 랜턴을 찾아가지고 와서 불빛을 모두 합쳐도 될까 말까 한 상황에, 불을 모두 끄라니. 허. 허. 허. 허허허허. 허허허허허.

—— 안 들려? 랜턴 끄라고!

살짝 짜증이 묻어나는 그의 고함이 뱃전을 갈랐다. 뒤에서 누가 무슨 소리를 하는지 관심도 없이 그저 자기 코앞에 빛을 쏘는 데에만 집중하던 알레한드로가 마지막으로 랜턴을 껐다. 그도 어리둥절해 보이기는 마찬가지다. 바보가 봐도 이해가 안 가는 상황. 그래, 됐다. 좋은 취재였어. 아니, 이 정도면 좋은 생이었다. 다음 생에 다시 태어나면, 바보가 접근하지 못하도록 막아주는 방향제 개발에 모든 것을 바쳐야지. 맥락 없는 생각에 빠져 있는 사이, 배는 어느새 덤불을 빠져나와 강 한가운데에 있었다. 강물은 위협적이지만 일정한 소리를 내며 뱃전을 스쳤고, 안개 너머의 정글 속에서 이따금 새벽잠을 설친 투칸 새의 신경질적인 울음소리가 들려왔다. 5분이나 흘렀을까.

부르르르릉.

키를 잡은 사내가 엔진에 연결된 손잡이를 돌렸다. 부드럽지만 확고하게, 배는 가속을 시작했다. 안개가 뺨을 스치는 감촉이 점점 더 둔탁해졌고, 뱃머리에선 흰 물살이 갈라지기 시작했다. 그냥 아무렇게나 배를 모는 게 아니다. 강의 흐름을 따라 배는 멋진 곡선을 그리며 커브를 틀었고, 그때마다 강의 표면은 뱃전에서 가까워졌다가 멀어지기를 반복했다.

아니, 도대체 어떻게…?, 라는 생각을 했던 것이 나쁜은 아니었을 것이다. 바로 옆에 앉아 있는 카메라 감독 Y며, 조연출 S, 심지어는 도시에서부터 우리와 동행한 현지인 가이드까지, 어안이 벙벙한 표정으로 앉아 있긴 마찬가지였다. 그리고 고개를 들었을 때 보았던 것을, 나는 아직도 잊지 못한다.

어둠에 완전히 적응한 눈에 들어온 것은, 양쪽 강둑으로 갈라진 나무 우듬지 사이로 보이는 하늘이었다. 안개에 가려 어렴풋하긴 하지만, 더 이상 검어질 수 없는 정글의 그림자 때문에 하늘은 검푸르게 도드라졌다. 별도 달도 없는 하늘과 양쪽 강가가 만들어내는 실루엣. 그것이 새벽의 강 위를 거침없이 달릴 수 있게 해준 내비게이션이었던 셈이다.

여전히 글쓰기는 무섭고, 일상이 없는 삶은 곤혹스럽다. 돌이켜보면, 방송일을 하면서 느꼈던 가장 큰 공포 역시 비어 있는 타임라인에 관한 것이었다. 대체 무엇으로 채워야 할지 모르는, 무한한 빈 공간의 가능성. 예전에 비해 그나마 나아진 것이 있다면, 삶이 느려졌다는 것이다. 어둠 속에서 무턱대고 배를 몰아 어딘가의 덤불에 부딪히더라도, 느리다면 살 수 있다. 그나마 뒤집어지지 않고 버틸 수 있다.

이렇게 버티다 보면, 강 가운데까진 나아갈 수 있지 않을까.
그렇게 거기서 더 버티다 보면,
하늘과 우듬지의 경계선이 나에게도 보이지 않을까.
그 경계선을 따라가다 보면, 안개가 걷히고 태양이 떠오르지 않을까.
그것이 눈에 들어올 때까지는, 느리게 떠내려가도 괜찮지 않을까.

어둠이 눈에 익어,
그 파랗고 검은 선이 눈에 들어올 때까지.

장식장을 비울 때

Potlatch on My Own

소년은 울고 있었다.

이틀 걸려 레고 블록으로 조립한 우주선 (이라고 해봐야 일정한 조립도도 없이 자기 멋대로 상상해서 만든 블록 덩어리일 뿐이지만)을 빽빽 울어대는 여덟 살 아래 여동생에게 주지 않는다고, 어머니는 눈앞에서 그것을 바닥에 던져 깨버렸다. 소년은 자기가 좋아하는 물건 하나 숨겨놓을 공간이 없는 그 상황이 끔찍이도 싫었다.

유소년기의 운명은 부모에게 속한 것. 소년의 아버지는 이런저런 사업에 거듭 실패했고, 소년이 쓸 수 있는 공간은 점점 더 쪼그라들었다. 10년에 걸쳐 방의 크기는 점점 더 작아졌고, 이내 몸 누일 이부자리보다 조금 더 큰 정도가 되었다. 그런 공간 속에서 소년이 가지고 있는 '취향'이라는 것은 아무런 의미를 지니지 못했다.

2001년 즈음일 것이다. 반지하 집이지만 처음으로 거실이라는 것을 가지게 되었다. 빈한함을 면한 것은 아니었으나, 용도에 따라 구획 지어진 공간에서 살게 되었다는 사실에 무척이나 기뻤다. 돌이켜보면 그때 나에게 장식장은 하나의 인증서였다. 이제 정말로, 취향대로 꾸며도 되는 내 소굴을 가지게 되었다는 인증서.

40대 아저씨나 가질 법한 '장식장 꾸미기' 취미를 20대 후반에 시작했던 건, 여전히 가슴 한구석에서 징징대며 울고 있는 소년을 달래기 위해서였다. 거실 한켠에 자리 잡은 장식장을 보며 나는 되뇌곤 했다. '남들은 이해하지 못해도 돼. 너에게만 의미 있다면 그것들은 보호받을 가치가 있어. 이제 그것들은 안전해.' 하지만 한편으로는 여전히 불안했다. 손에 쥔 한 줌의 취향조차 지키지 못하는 상태로 언제든 떨어질 수 있다는 생각이 늘 가시지 않았다. 시간과 노력에 비해 터무니없이 작은 대가를 받는 시간이 길어지며, 불안은 계속 연장되었다.

장식장을 채우는 것이 내가 돌아다닌 곳의 파편들인 것은 당연한 귀결이었다. 나에겐 계속 돌아다니고 있다는 사실이 중요했고, 그것만이 내 가치의 증명이라고 생각했다. 빛나는 것을 둥지에 모으는 까마귀처럼, 나는 출장지의 반짝임을 품고 있는 물건들을 부지런히 모아들였다.

시작은 2001년 겨울, 이탈리아 베네치아의 한 공방에서 산 가면이었다. 그때 나는 처음 해외출장을 나온 다큐멘터리 조연출이었고, 실제 하는 일은 몸종이나 다름없었고, 그나마도 제대로 하는 게 없어 매일같이 쌍욕을 귀에 달고 살았다. 기념품 따위 눈에 들어오지 않는 것이 정상이었을 것이다. 하지만 취재 막바지에 들른 가면 공방은 나를 홀리기에 충분했다. 온갖 아름다운 가면들로 채워진 그곳은 '성냥팔이 소녀'의 불빛 속에 나타난 크리스마스 트리 같았다. 나는 춥고 서럽고 자존감이 한없이 쪼그라든 내 표정과 가장 거리가 먼, 빙글빙글 웃고 있는 광대의 가면을 골랐다.

다녀온 나라의 가짓수가 늘어나며, 장식장 안의 물건도 따라서 늘어났다. 어쩌다 집을 찾아오는 손님들에게 내가 돌아다닌 이력을 보여주는

비가 오지 않으면 좋겠어

트로피로서는 더할 나위 없었다. 하지만 물건의 개수가 늘어나며, 하나하나가 가지는 의미는 희석되어 갔다. 베네치아 가면은 차츰 장식장의 아랫단으로 내려갔고, 처음 그 표정에서 느꼈던 묘한 해방감에 대한 기억도 희미해졌다. 그래도 여전히 나는 '그것'들이 내가 '그곳'에 있었던 증명이라고 생각했고, 추억이 무너지지 않게 지탱해주는 보철물이라고 생각했다.

몇 번의 이사를 다녔고, 그때마다 장식장은 이삿짐센터 아주머니의 눈총을 받게 만드는 물건이 되곤 했다. 내용물을 비우고, 옮기고, 다시 채우는 데에만 한 명분의 하루치 노동을 잡아먹었기 때문이다. 아주머니들은 호기심에 이끌려 한없이 손이 느려지곤 했다. 요 몇 년 동안은 그녀들이 장식장 속의 물건에 가장 관심을 보인 이들이었다.
이삿날을 낀 며칠을 제외하곤 장식장은 이제 하나의 덩어리로 느껴졌다. 그 안에 들어 있는 물건들 하나하나의 스토리는 휘발되었다. 내 것, 내 공간을 잃을지도 모른다는 히스테리가 없어진 것은 아니다. 하지만 익숙해졌달까. 핵의 공포를 이고 사는 데 익숙해져버린 뉴요커들이 브루클린 방공호의 위치를 잊어버린 것처럼, 호들갑이 줄어들며 장식장의 효용은 시들해졌다.

존재의 유효기간은 전적으로 관심에 달렸다. 관심을 받는 대상은 당연히 거기 존재한다. 하지만 관심이라는 녀석은 별빛 같아서, 날에 따라 흐려지기도 하고 새로운 천체의 탄생에 의해 휘기도 한다. 그러다가 아예, 소멸해버리기도 한다. 관심 밖으로 벗어난 존재는 가치를 잃고, 이윽고 존재 자체를 잃는다. 봄꽃이 만발해도 나가서 보지 않으면 피지 않은 것이나 다를 바 없다. 저 장식장은 존재하는 것인가, 아닌 것인가. 유효기간은 얼마나 남은 것인가. 기간이 지났다면, 아예 상해버린 것은 아닌가.

북아메리카 원주민들에게는 포틀래치 |Potlatch| 라는 풍습이 있다. 이것은 축제인 동시에 권력 투쟁이다. 콰키우틀 족의 추장이 자기 지위를 유지하기 위해서는 재력을 증명해야 했다. 가지고 있는 것을 보여주기만 하는 것으로는 아무런 의미가 없다. 축제를 열고, 자신의 것을 사람들에게 선물로 나눠주어야만 했다. 선물을 받은 쪽은 답례를 해야 하는데, 더 좋은 것을 주지 못하면 굴복하는 것으로 여겨졌다. 포틀래치는 전쟁을 피하는 수단이기도 했다. '가치 있는 것을 선물할 수 있는 능력'에 따라 권력의 크기가 정해지기에, 폭력을 동원할 필요가 없었다. 선물 중에서 가장 귀한 것은, '답례할 시도조차 할 수 없는' 선물이었다. 권력자들은 종종 사람들이 보는 앞에서 엄청나게 비싼 동판을 바다에 던지고, 초호화 텐트에 불을 질렀다. 자기가 가진 것의 존재를 소멸시켜버림으로써, 기억이라는 영원함을 얻기 위해.

내 장식장 안의 물건들은, 인디언의 창고 속에 파묻힌 재물이었던 것은 아닐까. 꺼내어 나눠주고 선물해야 비로소 얻게 될 기억을, 나는 닫혀 있는 유리 상자 안에서 구한 것은 아닐까. 다 꺼내어 없애버릴 때에

야, 비로소 추장 후보라도 될 수 있는 것 아닐까.

포틀래치의 파괴적인 속성은 나를 유혹한다. 시간과 돈을 깨서 없애버리는 파격. 느와르 영화의 액션 신처럼, 한 발에 수천만 원씩 하는 불꽃놀이처럼, 무엇인가가 와장창 깨져나가는 느낌은 언제나 매혹적이다. 그렇지만 자본주의 사회에서는 존재의 소멸에도 돈이 든다. 야산에 파묻거나 불을 지르는 것 따위는 번거롭기도 하거니와 사회법규의 제약을 받는다. SNS상에서 오컬트적인 인물로 화제를 모을 수는 있겠으나, 그간 쌓아올린 알량한 사회적 평판마저 위태로워질 수도 있다. 이것은 물건을 없애버리는 것과는 또 다른 문제다.

하지만 선물하기에는 제약이 없다. 받는 이의 취향과 기호를 조금만 고려한다면, 선물을 주고받는 것은 언제나 즐거운 일이다. 선물이 이야기를 품고 있을 때, 가치와 생명력은 더욱 커진다. 내 장식장 안에 있는 물건들은 모두 남다른 출생배경과 함께, 저마다의 이야기를 담고 있는 것들이다. 나에게서 존재의 유효기간을 다한 물건이 다른 사람에게 즐거움을 줄 수 있다면, 그리하여 유한한 소유의 기쁨이 아닌, 기억이라는 영원함을 얻을 수 있다면 어느 쪽을 택할 것인가.

언제나 꿈꾸는 듯한 목소리로 노래하는 가수가 있었다. 콘서트에 초대받아 갈 때, 나는 장식장을 열었다. 그녀와 가장 어울릴 법한 물건을 골라 축하 선물로 주었다. 그 물건을 산 곳에 대한 이야기, 그리고 그

비가 오지 않으면 좋겠어

것을 샀을 때의 기억과 함께.

볼리비아에서 한국으로 온 지 7년이 넘은 아가씨 인형은 새로운 관심에 힘입어 새로운 생애를 시작했다. 나는 인형 하나의 무게만큼 가벼워졌고, 애정과 감사를 얻었고, 그녀와의 관계에 기억 하나를 더했다. 인형 하나만큼이라도 좋은 사람이 되는 것이 어디 쉬운 일이겠는가.

소년은 나이를 먹었다.
더 이상 추억이라는 것이 물건에 깃드는 것이 아니라,
기록과 생각 속에 존재한다는 것을 어렴풋이 깨닫는 중이다.
빛나는 것을 모으고 또 모으는 까마귀의 유희를 그만둘 만큼,
존재에도 유효기간이 있다는 것을 이해할 만큼,
주변을 채우고 있는 물건의 가짓수가 줄어들면
더 쉽게 떠나고 더 쉽게 돌아올 수 있다는 것을 느낄 만큼,
소년은 자랐다.

울음소리가 그쳤고,
나는 장식장을 비우기로 했다.

결코 효율적이지 않은

불량 탈것 예찬

2004년 2월의 어느 날, 어리숙한 표정의 남자 하나가 충정로의 오토바이* 상가를 찾았다.

—— 금액 맞고요, 잘 고르신 겁니다. 그럼 조심해서 타세요!

—— 네. 아, 그런데 저기…, 여기서 오토바이 사면 타는 건 안 가르쳐주나요?

—— 네? 아니 그럼, 오토바이를 한 번도 타본 적이 없어요?

—— 아… 아뇨, 누가 그래요? 태, 태, 택트는 타봤어요!

무시당하기 싫어 타보지도 않은 스쿠터 이름을 들먹였던 남자는 곧 후회했다. 오토바이 판매상의 눈초리에서 속내를 다 들켰다는 것을 느꼈기 때문이다. 황당하다는 얼굴로 쳐다보던 판매상은 시선을 떼지 않은 채 소리쳤다.

—— 김군아! 이분 저쪽 공터에 태우고 가서 기어 넣고 빼는 것 좀 가르쳐드려라!

30분 후, 나는 을지로 한복판에 오토바이를 타고 나타났다. 김군에게서 배운 기어 넣고 빼는 방법은 시동이 꺼지는 것을 막는 데엔 아무런 도움이 되지 않았다. 엔진의 불꽃이 꺼질 때마다 오토바이는 기침을 하듯 풀썩였고, 생떼를 부리는 아이처럼 땅에 드러누웠다. 세 번 넘게 오토바이를 넘어뜨리며 집에 가던 그날은 알지 못했다. 이 요망한 탈것에 지금껏, 이 정도까지 마음을 빼앗기리라고는.

2004년은 내가 프리랜서로 독립하면서 교통수단이 필요해진 시점이다. 그런데 운전면허를 따고 나서 정작 구입한 것은 차가 아닌 125cc 오토바이였다. '더 늦으면 영영 못 탄다'는 생각이 강했던 것 같다. 이 불안하고 불편하고 요상한 탈것은, 정말로 불안하고 불편하고 요상하다. 단 1초라도 혼자 서 있을 수 없고, 지면과의 마찰력에 운명을 내맡기지 않고는 코너를 돌아나가는 것도 불가능하다. 온몸이 노출되어 있는지라 여름엔 쪄 죽고, 겨울엔 얼어 죽는다. 한 번 안장 위에 오르기 위해선 보호대에 재킷에 부츠에 헬멧에 장갑까지 착용해야 한다. 주섬주섬 걸치다 보면 30분은 기본이다. OECD 국가 중 유일하게 고속도로 통행을 금지하는 법규 덕분에 금세 갈 길도 한참을 돌아가야 한다. 서울을 주 활동무대로 하면서 올림픽대로와 강변북로를 사용하지 말라는 것은, 놀이공원에 입장은 되는데 롤러코스터를 타지 말라고 하는 것이나 마찬가지다.

이토록 비효율적이기 짝이 없는데도, 이 불량한 탈것에 영혼을 빼앗기는 사람들의 숫자는 늘어만 간다. 이성으로는 설명할 수 없는 일이다.

비가 오지 않으면 좋겠어

빙하기 이후 1만 년에 걸쳐 우리 DNA에 축적된 승마 본능 탓일 수도 있고, 단순히 무엇인가를 '타는' 데서 오는 프로이트적인 쾌락 때문일 수도 있다. 하지만 10년 넘게 오토바이를 타면서 내가 발견한 몇 가지는, 이 녀석이 가지는 '요상함'에 대한 좀 더 구체적인 답이 될지도 모르겠다.

모든 것의 실재 | 實在 | 가 0과 1로 바뀌어버리는 디지털 세상에서, 우리 경험의 구체성은 점점 더 희미해져 간다. 여행하는 것도 마찬가지다. 비행기는 철저히 디지털적이다. 비행기 문을 열고 들어간다. 문을 닫는다. 문을 다시 여는 순간, 짜잔! 당신은 다른 나라에 있다. 출발과 도착 사이의 과정은 존재한다고 말하는 것이 미안할 정도로 희미하다. 기절하듯 잠에 빠져들었다가, 정신을 차리면 목적지에 와 있는 것이 가장 이상적이다. 하지만 이런 식의 이동은 우리가 몸으로 이해하는 '여행'의 정의와 맞지 않는 구석이 많다. 인류가 아프리카를 탈출해 남미까지 간 과정은 A지점에서 뿅 하고 사라졌다가 B지점에 짠! 하고 나타나는 방식이 절대 아니었다. 우리는 경과하는 모든 지점에 흔적을 남겼고, 거쳐 간 모든 장소들로부터 영향을 받았다.

오토바이는, 내연기관이 달린 탈것 중에서 이런 구식 여행을 가능하게 하는 유일한 물건이다. 블라디보스토크에서 모스크바까지 오토바이를 타고 가기 위해서는, 그 사이의 모든 비와 바람을 직접 맞아야 한다. 모든 노면 상태를 감수해야 하고, 모든 냄새와 감촉과 소리에 직접 노출되어야 한다. 철저한 아날로그다. 속도가 좀 더 빨라졌을 뿐, 우리 선조들이 결행했던 모험과 본질적으로 다르지 않다. 본성에 부합하는 본질은 항상 우리를 끌어당긴다.

한편으로 오토바이는 명상의 도구이기도 하다. 오토바이에 시동을 걸고 두 발을 땅에서 떼는 순간부터, 당신의 몸은 당신 것이 아니다. 뒤에서 누가 부른다고 마음대로 고개를 돌려 뒤를 볼 수 있는 것도 아니고, 코가 가렵다고 마음대로 긁을 수 있는 것도 아니다. 속도가 더해질수록 신체는 점점 더 기계의 일부분으로 변해간다. 팔은 핸들의 일부가 되고, 발은 기어박스와 하나가 된다. 왼손은 클러치, 오른손은 스로틀에 연결된 와이어나 다름없다. 어느것 하나 마음대로 움직여선 안 된다. 이런 점에선 산사|山寺|의 선방|禪房|에 들어온 것이나 매한가지다. 경망스러운 움직임을 거듭한다면, 기다리는 것은 고승의 죽비|竹篦|가 아니라 생명의 위협이다.

이런 조건 아래에서 타는 사람이 지배하는 영역은 후퇴를 거듭해 두뇌 하나로 쪼그라든다. 할 수 있는 일이라곤 생각하는 것밖에 없다. 사고의 흐름을 방해하는 수다스러운 일행도, 자극적인 헤드라인으로 유혹하는 스마트폰의 뉴스도 끼어들 수 없다. 오로지 닿고자 하는 목적지를 향해 적절히 기계를 제어하는 것, 그리고 엔진 소리를 들으며 가만히 사색하는 것만 허락된다. 수피*들의 춤처럼, 오토바이 엔진의 진동은 적절하게 반복되는 리듬을 제공한다. 안장 위는 멍때리기의 성역이다. 요가 매트 위보다 더 쉽게 명상에 빠져들 수 있는 곳이다.

비가 오지 않으면 좋겠어

오토바이로부터 배울 수 있는 것들 중 가장 실용적인 것은, 똑바로 달리고 싶으면 한순간도 콘트롤을 잃어서는 안 된다는 사실이다. 라이더의 손은 멈춰 있는 듯해도 끊임없이 미세하게 움직인다. 바퀴를 통해 전해져오는 지면의 굴곡과 내가 나아가야 할 방향을 즉각적으로 반영해 핸들의 각도를 미세하게 조정하느라, 잠시도 쉴 수 없다. 그것을 게을리하는 순간, 오토바이는 도로 중앙을 벗어나 한쪽으로 치우친다. 속도도 마찬가지다. 엔진의 굉음은 영혼을 빼앗을 힘이 있다. 귀를 찢는 바람 소리에 취해 끝없이 자신을 내몰다 보면, 어느새 나타난 코너에서 궤도를 이탈해 가드레일을 들이받는다. 살고 싶다면, 컨트롤해야 한다. 자신의 한계를 명확히 알고, 그 범위 안에서 즐기는 법을 배워야 한다.

2012년, 나는 길 위에서 한순간 집중력을 잃었다. 다음 순간 나는 시속 140km의 속도로 허공을 향해 날아올랐다. 내가 감당할 수 있는 속도를 지키지 않았기에, 하마터면 다른 세상과 만날 뻔했다. 지금 여기 앉아 이 글을 쓰고 있는 것은 거의 전적으로 운의 결과다. 보호장구를 꼼꼼히 착용한 것이 도움이 되긴 했지만, 사고의 시점과 추락의 방향이 기가 막히게 들어맞았기에 나는 죽지 않았다. 다만, 그때의 상흔은 내 오른쪽 어깨에 영원히 남아 나를 질책한다. 통제를 잃으려 할 때 경고의 목소리를 낸다.

10년이 넘는 시간 동안, 이 바퀴 두 개 달린 탈것은 나에게 지혜를 가르쳐준 동시에 무엇과도 바꿀 수 없는 추억들을 선사해주었다. 강화도의 굽이치는 산길은 사랑하는 사람과 한 몸이 되어 달린 장소였고, 지리산 오도재의 가파른 코너 길은 겸손과 용기를 배우는 도량이었다. 제주 중산간의 1100도로에서 나는, 바람에도 맛이 있다는 것을 배웠다. 해남 우수영으로 향하는 새벽의 18번 국도 위에서, 산 위로 떠오르는 태양을 보며 나는 혼자 소리를 질렀다. 모든 세포는 깨어나 바람을 맞고 있었고, 나는 그 어느 때보다도 생생하게 살아 있었다. 이렇게 앞을 향해 달리기만 하면, 쓰러지지 않는다는 사실이 멋졌다. 바로 다음 코너에만 집중하다 보면, 그 과정을 반복하다 보면, 어느새 목적지가 코앞이라는 것도 마음에 들었다. 그런 기쁨을 알게 된 이후로는, 삶의 복잡도가 증가할 때마다 안장 위에 오르고 싶은 유혹을 참아내기 점점 더 어려워졌다. 아니, 올라야 했다.

책을 쓰는 동안, 오토바이엔 뽀얗게 먼지가 쌓였다. 원고를 마치는 순간, 삶의 마디 하나가 그렇게 맺어졌음을 자축하며 안장에 오를 생각이다. 목적지도 계획도 없이, 순수한 엔진의 떨림을 느끼기 위해 길 위에 나설 것이다. 오토바이라는 물건에 대한 동경만으로 충정로를 기웃거렸을 때처럼, 무모하고도 호기심 가득한 여행길에 오를 것이다.

길가에서 마주치는 포스터에 적힌 것들, 또는 쇼윈도에 진열된 것들 중 마음이 가는 대상이 있다면, 오늘이라도 용기를 내보라. 남아 있는 인생에서 나를 행복하게 만드는 것을 하나라도 더, 하루라도 빨리 만나는 길이니까. 혹은 적어도 그것이 나와 맞지 않는다는 것을 하루라도 더 빨리 깨닫는 길이 될 테니까.

• **오토바이** 원래는 모터사이클 또는 모터바이크가 맞는 표현이지만, 이 국적 불명의 단어가 가지고 있는 친숙함을 대체할 수는 없는 노릇이니 '오토바이'로 부르기로 하자. 이 글을 쓰는 동안만큼은.

• **수피** |Sufi| 터키의 신비주의 교파. 깨달음에 이르기 위한 수행으로써 끝없이 빙글빙글 도는 춤을 춘다.

여행이라는 것은 결국,

그물을 드리우는 것이나 마찬가지다.

그리고 거기엔 반드시, 무엇이든 걸려 있기 마련이다.

그물을 쳐놓은 걸 잊어버려도 상관없다.

그러나 한 번씩 그 그물 친 곳으로 가서

뭐가 걸렸는지 보는 일은 필요하다.

그래야 다음엔 어디에 그물을 쳐야 하는지 알 수 있다.

내 여행이라는 그물에 걸린 것들을 당신 앞에 내놓는다.

그물에 걸린 지 얼마 되지 않아 아직도 힘차게 꼬리치는 기억들,

언제 그물에 걸렸는지조차 잊은 탓에

저 밑바닥에서 간신히 숨만 내쉬는 기억들.

그런 것들을 오늘에야 길어내 당신 앞에 펼쳐놓는다.

아무쪼록 당신이 이 기억들을 맛나게 먹어주면 좋겠다.
그래서 당신도 어딘가에 그물을 드리우고 싶어지면 좋겠다.

비 오는 날이라고 하더라도,
콧노래를 부르며 가벼운 마음으로
그물을 치러 나갈 수 있다면 좋겠다.

비가 오지 않으면 좋겠어

1판 1쇄 발행 2016. 8. 29.
1판 2쇄 발행 2016. 11. 11.

지은이 탁재형

발행인 김강유
편집 조혜영 | **디자인** 안희정
발행처 김영사
등록 1979년 5월 17일(제406-2003-036호)
주소 경기도 파주시 문발로 197(문발동) 우편번호 10881
전화 마케팅부 031)955-3100, 편집부 031)955-3250 | **팩스** 031)955-3111

저작권자©탁재형, 2016
이 책의 저작권은 저자에게 있습니다. 저자와 출판사의 허락 없이 내용의 일부를
인용하거나 발췌하는 것을 금합니다.

값은 뒤표지에 있습니다.   ISBN 978-89-349-7569-4 03810

독자 의견 전화 031)955-3200
홈페이지 www.gimmyoung.com   **카페** cafe.naver.com/gimmyoung
페이스북 facebook.com/gybooks   **이메일** bestbook@gimmyoung.com

좋은 독자가 좋은 책을 만듭니다.
김영사는 독자 여러분의 의견에 항상 귀 기울이고 있습니다.

이 도서의 국립중앙도서관 출판시도서목록(CIP)은 서지정보유통지원시스템 홈페이지
(http://seoji.nl.go.kr)와 국가자료공동목록시스템(http://www.nl.go.kr/kolisnet)에서
이용하실 수 있습니다.(CIP제어번호 : CIP2016019508)